海邊的房間
Welcome to the Dollhouse

目次

〔推薦序〕

美好的破碎——或，為甚麼不？

郭強生

第一次與麗群的小說照面是因為擔任小說獎決審閱稿。

當時一篇篇讀得我心煩氣躁，那些煞有介事的參賽作品，製造小說的原料看似具全，卻怎麼也串不成一個完整意念。儘管想法有點意思，要來創個甚麼新書寫的架勢，待要來拆解或顛覆敘事時，就過不了文字這一關，意念反倒像被書寫這檔事給絞碎解體了。想法人人都有一些，落不了筆或成不了氣候，皆因文字力道不足。用這樣的單薄的文字，就要來挑戰小說的條條框框嗎？

曾聽過王文興老師說過一段話，關於寫小說；「就是在造句子——造完一句，再造下一句。」我不想說這是最高的境界，但至少是最真實的境況。就是在造句，最單純的最專注也最費力的藝術，任何一個單句都是完成，而非過程。

而我有好多年沒有在年輕一輩的作品中看到這樣的能力了。待讀到〈卜算子〉一篇，我立刻從沙發上端坐起來。真是好。不捨得太快看完，又不放心會不會到後面出現個大暴投，作者真能從頭到尾維持住這般的精確沉穩嗎？這麼深謐的痛與深情的苦，可別英雄氣短，功虧一簣啊……為作品揪著一顆心，直到讀到最後無懈可擊的漂亮收尾，我在心裡為作者歡呼一聲：Well done！

幹得好！

能那樣讓人揪著一顆心，無非就是在那一句一句間埋下了太多流轉的可能，而每一句都是一個生死通關般的抉擇，就是要能夠不踩泥坑，躲過死胡同。好的小說讓人揪心難忘的，就是因為創造出這樣的閱讀經驗，而不是內容事件題材有多離奇。

評審會上首獎一直難產，五個評審中三個圈給〈卜算子〉第一名，最後因某評審策略性給了它最後一名以保住自己的首選，最後結果出現兩篇並列第二，首獎從缺。但這重要嗎？對一心想得獎的參賽者來說，這個內幕提供你們臉書上大大八卦一番。但回到麗群的小說，我想要說的是，當主辦單位公佈作者姓名時，我竟對她其他作品毫無印象，心想，這麼會寫的人怎麼沒有多寫一些呢？

事後發現麗群確實是寫得不多，但一出手總會讓人印象深刻。

按文壇遊戲規則，她早就該出書了。拿到她這本不算厚重書稿時，我仍然還在暗怨：等了這麼多年，就這樣啊？

讀完後疑慮一掃而空：為甚麼不？如果這十三個短篇就能讓人獲得無憾且欣喜

的滿足，為甚麼要更多？而重點是，為甚麼十三篇就有這樣的完整表現？又為甚麼不？

人不過就是這麼回事，佛家說貪恨嗔癡基督教說七大罪新聞上說謀殺劫財強姦變態逆倫亂倫不倫，還能有甚麼匪夷所思的？好的小說家把這些只當基本常識，犯不著招搖，他們的文筆才是更驚悚的人類奇觀，總能鑽進讀者的氣血經脈裡，好像你從來不知道這世界上會有這樣的事，而同時又覺得：為甚麼不？

就像〈海邊的房間〉裡那一根根針灸進女體的長針。

或像〈入夢者〉裡的那臺電腦，〈貓病〉中的一雙手，〈貞女如玉〉中的某個夜晚，那樣怪誕卻又理所當然。因為它們都是埋伏在我們現實生活中的機關，一不小心觸動，我們人人都難保不成了這個社會中的變態與瘋子。

但在麗群的筆下，這一切又都如此溫柔，沒有變形醜怪堆疊的字眼，因為平靜抒情才更顯得恐怖荒謬。讀過這本小說集後，請大家有所警惕，不要再用以下的句子來證明你／妳對人性陰暗面的獨到了：

例如胃裡湧起一陣酸水
例如一股腐爛腥臭的氣味撲鼻
例如滴出的鮮紅染出一朵病態的玫瑰
例如地下道裡如腐屍般蒼白的面孔
……

反觀這本集子，在一逕清爽又溫良的人情之常中，作者一句句都踩出了我們心底卑微的呻吟。人生本就苦多於樂，我們始終都在陰暗的世界裡行走，偶然看見一朵希望如花，就蠢蠢欲動伸手。

寫作如是，愛戀如是，生死亦如是。為甚麼不？我們都會這樣跟自己爭辯，以為自己窺見了甚麼不得了的人性之祕。

然而麗群的小說讓我們聽見另一種「為甚麼不」的疑問，為甚麼純情不可以難以下嚥？為甚麼絕望不可以無聊瑣碎？她的小說透露出的不急不徐，不標新立異，不大驚小怪，反成就了一種獨特主題。

美好的破碎。

值得期待的小說還真不多，而我終於等到了這一本。

〔推薦序〕

淡淡廢廢的美

柯裕棻

幫麗群寫序，寫著寫著容易岔題，因為我們實在太熟，一點小事都可生出許多話來，所以每件事都要想一遍，這能不能寫，別人看了覺不覺得怪，或是看了會不會笑等等，諸事琢磨。不好笑的當然不必寫，太好笑的，也不能寫。

幾年前，朋友從MSN傳了一個部落格的連結給我，說，這女孩才剛大學畢業，妳看看這文字，好功力。我一看，果然奇花異草，才氣逼人。那些文章冷的極幽冷，美的極美豔，文字剔透簡潔。寫日常瑣事處，淡泊中幽默得心酸，寫人情酸刻處更是冷靜刁鑽得透徹，這等人生洞察竟然出自年輕女孩之手，不可思議。

這是我第一次聽說「黃麗群」的名字。

後來，在朋友家的晚宴中見到黃麗群了，那晚上約有七八個人，沸沸湯湯，吃喝吵鬧。她略晚才來，出人意料的高，腿長得驚人，長髮黑亮，桃紅毛衣黑圍巾，牛仔褲。可愛的桃子臉，描銀色眼線，搽糖果粉色的指甲油。冷辣，美豔，人如其文。倒是講話行事很從容，大度而不失禮，是很少見的好教養，不是想像中難相處的才女。她笑起來甚靦腆，有年輕女孩子常見的那種淡淡的心不在焉的恍惚。

我漸漸和麗群在網路上熟起來之後，每每驚訝她過於早熟的機智和洞見，連寫個即時訊息，隨手捻來都是珠玉。文字在她手上心上轉兩下，就精煉得密實發光，且那妙處在於網路俗語、文言典籍、西方經典和動漫用詞嫻熟交錯，自有她一路靈犀通透的黑色幽默。跟她聊天時，她常常在眾人都無意識的地方聽出其他的重點來，這時她會嘿嘿笑兩聲，眾人回神，馬上醒悟，都嘆她心思敏捷是多核心處理，既聽明的也聽暗的。也有些時候大家聊著聊著，她神思飄遠，問她想甚麼，答案經常是一句話的口氣或是一個辭的聯想或是一個說法裡暗藏的窘迫或冷暖，使她想到極遠極遠的事情，不在場不相干的事，這是她特有的超鏈結。這時她會笑說，哎靈魂從耳朵流出來被你們看見了。

麗群的母親手藝很好，因此朋友們沒事也很愛上她家去玩，總有吃不完的好東西。通常我們見面都是一夥人高談闊論的，她會閒散地在一旁照顧大家，喝茶添水。她有種奇特的照料場面的能力，她從不刻意做出熱切殷勤的姿態，而是自然地佈菜、遞面紙、注意碗碟，而且幾乎是變魔術般不斷從廚房、冰箱、櫥櫃、餐桌上的食物籃裡拿出各種餐點、滷味、水果、餅乾、各式零食來。有時即使只是路過她家，順道上去找她借書，站在玄關馬上要走了，她也會說，哎等等，我看看有什麼零食可以給你。然後就這裡那裡翻呀掏的——有時是某名店的核桃麵包，法國來的松露巧克力，西門町老店買的芋頭冰淇淋，自家的滷蛋雞腿豆干，或是黃媽媽直接裝一盒獅子頭或釀豆腐給帶走。我常常覺得不可思議，如今這個自暴自棄的速食時代，她家常日子竟然天天都有好食好物。

從這些吃飯穿衣的日常小事上，便可見麗群的養成。她雖年輕，在她身上還是看出某種老派外省家庭的規矩——體面，大器，周全世故，滋養豐潤的生活細節。她確實知道很多過日子的事，哪家館子的廚子從前是在哪學的手藝，哪家鐘錶的服務態度很周到，或是哪個老牌的面霜便宜好用。她也會知道迪化街哪家的貨料實在、南門市場哪攤的滷味道地、紅燒獅子頭的白菜該怎麼處理、買玉的時候該注意的細節、甚至連拜神祭祖民俗事宜她也略知一二。她很知道這些老派的知識，我有時想，如果林海音或是高陽還在世，他們也許可以聊得很開心吧。

我又每每聽她哀歎自己早生了十二個小時，否則，就可以號稱是「八〇後」了，但或許就差這半天，她讓我想起八〇年代以前的殷實書香人家。麗群喜歡好東西，可也非常儉省惜物，她對喜愛的小物總是珍愛得不像她這一代人會有的習癖。

我發現她隨身帶的眼影和唇膏總是用得幾乎見底，問她怎麼不輪換其他顏色，她說，但我就喜歡這顏色呀。在路邊買的耳環鉤針壞了，她便拿回那攤子去修，我們說再買新的樣式豈不更好，她也會說，但我好喜歡這一對呀。她的品味極好極刁，可一旦喜歡甚麼，就死心塌地的和那東西不離不棄。她看上去很華麗，色澤飽滿華彩，可是一點也不奢靡，像她常常穿的桃紅配純黑，墜著亮片或流蘇，或是她很愛穿黑色絲襪，腿很長很美，但沒有邪氣。

可是她遠比這個爽朗漂亮的表象更複雜。不那麼複雜，也就寫不了這麼好的小說了。有時候，麗群也像多數早慧的天才那樣，懷著巨大的能量卻時時為之所累。年輕女孩將世事人情洞察得太清楚，內外明澈，難免心灰意冷。我們常常說她寫得好，她卻每每自疑，搖擺不定，斷斷續續寫著，歇筆，寫著，又歇筆。可才華是掩不住的，每隔一陣子就聽說，她的某小說又得了文學獎，輕而易舉似的。她得獎也不張揚誇示，眾人一定都吵著請客呀請客，她就笑道好啊好啊，不狂不卑，不惺惺作態，高高興興。

然而她對一切歡樂吉慶的感想又非常矛盾。麗群年少時，父親意外早逝，這讓她提早領悟生命的災厄無常，看透了現實和人情世態。她成長於高度的不安和命定的自覺之中，青春期又大量閱讀父親的藏書，因而非常早熟地養成了深厚的文學基礎。如果她的某些文字給人死蔭的幽冷淒美之感，那正是因為死亡的憂傷和她的文學啓蒙深切相關，從而定義了她的生命基調乃至文字風格。於是一方面像個孩子似的真心喜歡快樂明亮的事物，也有空乏與淡漠的荒涼陰影彷彿天生滲著她的情感，即使是高興的當下，也會不小心露出意味深長的悵惘表情，彷彿明知一切起高樓宴賓客終究是徒然。而面臨困頓艱難的時候，她也會有一種淡淡廢廢的笑，像是說，嗚喔，好倒楣，不笑一下嗎？

就像她家有隻十幾歲的藍綠眼波斯白貓，毛色絕倫蓬鬆鬆的，叫做肥雪。貓兒一般都懶懶散散的很冷淡，這肥雪尤其懶散，尤其冷淡——牠冷淡得連藏起來都懶得藏。雖然一副尊貴模樣，可是與其說是傲嬌，倒不如說牠看起來總是心情黯淡。在地上打滾裝萌的時候，可愛歸可愛，也有點像一把拖把，捲過來，滾過去，淡淡應付著，很不情願地盡一隻貓的本分。客人對牠失去興趣開始各自談話時，牠就默默到玄關去挑一只鞋子，躺上去，或是鑽進誰的大衣底下睡覺。肥雪有點像是麗群性格的暗面，我相信再怎麼爽朗能幹，有一部份的她就是一百個不情願地在世上打滾，若是問她，欸妳還好吧，她大概會像肥雪那樣黯淡地傲嬌著，喵一聲說，噢——還好啦。然後就拖著一身塵埃走開，累累地躲起來。

因此，不論再怎麼興高采烈，她很快就像個局外人那樣看著自己和這一切，彷彿她生命中的煩惱生滅也比人迅速，彷彿那空亡尚未發生她已經了悟，她像是早已預備著，等著看有什麼壞事躲在好事的後頭，隨時要撲上來，她好在一旁笑著看自己倒楣，連忿恨都覺得枉然。但她的冷靜聰明之處在於，即使真看穿了甚麼，也不輕易發人生感慨之語，也不動輒就講佛偈談虛空，因為這些話術實在太做作也太小聰明，太假清高也太荒謬，她寫作或做人是絕不這麼庸俗圖方便的，更不會任意消費自己或他人的人生苦痛。這了悟又不覺悟的個性構成她小說中特有的疏離敘述，也是令人啼笑皆非的黑色幽默的來源。

寫小說需要這樣銳利的眼睛和冷靜的腦子，如果本性不是這麼敏銳纖細，大概無法冷調直書人世的種種浮華、怨毒和不堪。多數的人會避開事實，盡量忘掉生冷粗糙的世界；有些人會陰狠瘋狂地亂刀砍殺；有些人會濫情灑狗血；能夠細細將可怖的人世剖開來，既讓人看見那陰暗猥瑣，又讓人贊歎刀法精準漂亮的，就是真才氣了。

麗群正是這樣的，資質穠豔幽美，可是那美裡面暗暗滲著涼氣。她的文字溫煦如日，速如風雨。晴日靜好的午後，還覺得太平歲月溫暖快樂，一轉眼，不知哪來的烏雲罩頂，大雨傾盆而下。讀的人回過神來，重新整飭，自然有自己的一番了悟。那時，這朵謎一樣惘然幽異的奇花異草，就在讀者的心裡盛開蔓延了。

〔推薦序〕

投資人黑暗宣言：黃麗群熱愛的算式

紀大偉

——現實不來催逼，沒理由還自己迎上前去。（黃麗群，〈入夢者〉）

——我要給我自己一個機會。（臺灣流行語）

現實最無常，小說人物自己卻巴望常態化的人生；無常與常態的辯證，就是黃麗群最新小說集的主要課題。黃聚焦於「名不正言不順」的親屬關係，利用欲言又止的小說敘事者，描寫投資市場一般的人生：小說人物像是投資客，想要算出一個值得活下去的餘生，卻失算而孤注一擲。

小說集中，最具分量的兩篇，〈卜算子〉和〈海邊的房間〉，都充滿了「算」的動作。〈卜〉的主人翁是一對父子：父為算命師，子為命運未卜的愛滋感染者。值得留意的是，黃的小說敘事者往往欲言又止，吊人胃口而不把真相說破。〈卜〉全文浸泡在愛滋的氣味中，敘事者對於愛滋一事卻始終閃爍其詞。

父算命（fortunetelling），而不諳算命術的子也算命（calculating his life）：他盤算自己的命，他想活得比老爸久，以免讓白髮人送黑髮人。跟〈卜〉對照看，〈海〉的主人翁是一對父女：父為守舊的中醫師，女為擁抱未來多種可能性的夢想家；父也算命（中醫的病體和命是難以切割的），女也算命（盤算如何擺脫父的加齡臭）。這兩對假父子假父女，都忙著算：是算命，是盤算，是算計。

〈卜〉和〈海〉對於「算」的執迷，讓我聯想起美國哥倫比亞大學教授劉禾（Lydia Liu）針對老舍名著《駱駝祥子》的分析。在她的成名作《跨語境實踐》（*Translingual Practice*）中，劉禾指出書中的人力車夫祥子是個「經濟的人類」

（homo economicus）。傻大楞子祥子，以為只要透過努力工作以及擁有私產（自備人力車），就可以爭取到獨立、自主、個人尊嚴。祥子藉著唯一的資本（他本人拉車的體力）投資自己的人生，在《駱》全書中一再算錢，一再評估理財之道。劉禾點出祥子對於「算」這個動作的執念，並且提醒：資本主義就跟所有的意識型態一樣，讓小老百姓誤以為，只憑他肯努力，就可以自由決定他自己的命運。可是祥子再怎麼算，也算不過命運的大劫。

以上所指的「經濟的人類」，說得準確一點，是「經濟的個人主義者」。

個人主義者在這裡並不是指自私者，而是指自以為可以自主管理財務和前途的人。

個人主義者要自己做主，而不讓自己做客體（客是主的相反），也不讓自己做奴（奴也是主的相反）。他們不願融入隨波逐流、沒有個性的芸芸大眾中；他們心裡吶喊，「我要給自己一個機會」，有點逆流而上的志氣。劉禾說，老舍筆下的「經濟的人類」／「經濟的個人主義者」承襲自十九世紀的歐洲小說；然而，就算在今日臺灣，我們對於這般人物也不陌生。從前，臺灣民間流傳的各種白手起家傳奇，如低學歷卻高成就的本土企業家故事之類，就是典型的個人主義者敘事。

這年頭臺灣仍不乏一塊錢兩塊錢進賬的白手起家佳話，不過我們更常聽聞企圖短線獲利的投資客宣言：就算在大債時代，就算是菜鳥投資客，也都要各自投入彷彿一生受用的投資計畫。祥子曾經是個樂觀的投資客，以為只要穩紮穩打就可以大賺一筆。而黃的角色並不樂觀，而且不理性：一方面，他們只求不要賠太多就好，不奢望大賺；另一方面，他們卻又在怕賠的情緒中瘋狂地孤注一擲，將全盤皆輸的恐懼拋到腦後。自以為是自己主宰的個人主義角色，終究還是通通被宰了：他們是客，是奴，而不是主。

《駱駝祥子》的祥子天真易騙，而黃麗群的角色們偏執（paranoid）。偏執狂可說是個人主義者的加強版；因為偏執，知（或，不知）其不可為而為之，動輒不擇手段。例如，在〈貓病〉中，愛貓少女怕人得知她偷養貓，所以她用自己的少女身體掩護貓體；但她面對男人的時候，卻又利用貓體掩護她的女體——她的兩面手法，達致人貓一體的境界。不擇手段，下場往往壯觀淒慘。不少讀者可能會享受黃麗群筆下血肉橫飛的人間地獄，但我反而更偏愛小說集中各種不是太搶眼、不是太壯觀的幽微時刻。

偏執就在這些時刻的皺褶中。以〈卜〉為例。算命的老父是固執，不肯把兒子的命說清楚；感染愛滋的兒子是偏執，既然他的人生出現了不清楚的破洞，他就要把一切搞得特別清楚。

——小說一開頭，兒子小心刷牙，免得看牙醫。（眉批：敘事者在此欲言又止，原來兒子思慮細密，知道牙醫經常拒收感染愛滋的病人。）

——兒子每晚必須在午夜前入睡，不能熬夜。（再批：敘事者再一次點到為止；愛滋感染者的自律之道，就是從早睡開始。）

——小說最末，兒子終於不必擔心眼淚滴到老爸身上。（眉批：這個場面看起來是以淚催淚，但我猜測的實情是——兒子一向擔心他的眼淚帶有愛滋病毒，會傳染給老爸。）

Zoom in 一點來看，兒子是偏執的小說角色，深恐任何一滴液體逃離他的控制；zoom out 一點，小說敘事者也偏執，始終欲言又止，控管語義的釋出；再多 zoom out 一點來看，小說寫作者也是個偏執狂，為整篇小說安裝節拍器：小說中的每一天都從規律起床例行公事開始，日復一日，彷彿日日都是常態，而努力湊合成的規律常態彷彿可以抵抗無常。如果投資客面對的市場也這般規律容易預測，也就罷了。

「噢，你也在這裡？」張愛玲問。在哪裡？就在投資市場中，像黃麗群一樣慈眉善目，穿上規範時間節拍的馬甲，束緊一點，再緊一點，跟她一起沈迷在她所愛的算式裡。

海邊的房間

寄件者：E
收件者：F
主旨：妳還在嗎

F：

遲疑了一陣子才決定發這封email，
我們畢竟失聯了這麼久，
但我想再樂觀一次。
出門在外，也有學會一些東西，
好比凡事如果想太多那路就完全走不下去。

一切都好嗎？
我坐在這裡寫信，第一個想到的當然是妳，
第二個想到的妳應該猜不到：是妳家藏在市中心的那間老公寓，

（現在，還跟妳繼父住在那兒嗎？）
雖然只去過幾次，但堆了一屋子中藥印象深刻，
記得很清楚，畢竟，那也能夠說是美好的老時光吧。

§

離開市區，搬進海邊的房間，不是她的主意。雖然她從前經常抱怨市區之惡，三不五時：「我以後要住鄉下！我以後要住海邊！」但年輕多半這樣，喜歡把一點小期待粗心大意地啣在嘴裡，以為那就叫夢想。

除此也多少在講給她繼父聽。繼父。小學一年級開學第一天，便和盤托出她身世，全無兒童教育心理學的躊躇，反正情節撐不肥拉不長只用掉三句，長痛不如短痛。「妳出生前妳爸爸跑走了，然後我跟妳媽媽結婚，然後妳媽媽也跑走了。」一歲不到的女嬰與二嫁的男人雙雙被留在被窩裡，男人也就默默繼

著父起來，讓她跟著自己姓跟著自己吃，跟著鄰居小孩上學校；不守家規考試考壞，揍，後爹管教人不像後母那樣千夫所指，她幾次逆毛哭叫：「我要我親生爸爸我要我媽媽！你憑什麼打我憑什麼！」他下手更重。小學六年級，瞥見她運動衫下有動靜，他第二天即文文雅雅提盒時果到學校，請女班導幫忙帶去百貨公司扣罩收束住她身體。初經真來，他反而面無表情指著牆上的經絡人形圖，說了一大套氣血沖任的天書，講完也不理，自回身煎來一服黑藥，她慣喝湯劑，沒反抗，不問裡面是什麼，混合無以名狀的羞恥解離感滾熱嚥下。沒有比他更親的父親。唯嚴禁她喊一聲爸，「叫阿叔。」

她跟阿叔，多年住在市區曲折隱身的衖巷裡，七〇年代初大量浮出地表的五樓老公寓，三房兩廳的格局破開重隔出兩房一大廳，廳裡沒電視沒沙發，沒有一般家庭什物，阿叔每天自己收拾得一氣化三清，塑膠花彩地磚光滑可比石英磚，靠窗一張大桌案供他問診號脈，進門兩條蹭亮烏木長凳供病家坐待，四壁裡一壁草藥三壁醫書，蔭出一堂冷靜。木抽藥屜上一符符紅紙條，全是阿叔神清骨秀的小楷，「遠志、射干、大戟、降香、車前子、王不留行……」滿門朱盔墨甲的君臣佐使，將士用命，人體與天地的古戰場。

「哇，」E初次拜訪她家時大受震撼，脫口幼稚腔：「好好喔。好香喔。」

「有什麼好，都是植物或蟲子的乾屍。乾屍，木乃伊，懂不懂？」

南人北相的阿叔，單傳一脈嶺南系統家學醫技，舒肩挺背，臨光而坐望聞問切，她興趣全無，一逕麻木以對，心事隔層肚皮隔層山。熟識病家問，收不收徒弟？阿叔笑一笑，「祖上有交代不傳外人，就算親生也傳子不傳女。雖然說呢，時代不一樣……」意思是時代其實沒有不一樣，時代是換湯不換藥。國中的她坐在長廳邊角兩人尺寸的正方木餐桌上，拿白瓷湯匙事不關己地舀吃一碗微溫的百合綠豆湯。啊是有什麼了不起啦，她想。

但她知道阿叔是有什麼了不起。白天在學校偷喝一罐可口可樂，一注冰線裡無數激動踴躍的氣泡推升體腔，涼啊涼啊涼啊涼，神不知鬼不覺。回到家，阿叔看她髮際微蒸一層水氣，皺眉招她進前，眉心一按指掌一掐，「早上在學校喝了冰的對不對？叫妳不許喝還喝！」

如是，屋裡長年來去的病家便使她格外厭煩。魔術也好神術也好，講起來總有人視為旁門左道，落得每日排解閒人的芝麻小病。問重症的，也有，開場白無不例外：「醫生，他／她／我這個病西醫已經一點辦法都沒有……」此外大多是一邊自作孽挖東牆，一面求調理補西牆。不可活。像在她高中時常上門的一個酷似沙皮狗的小政要，選區吃透透喝夠夠，很怕死，很怕睡不夠年輕女人，託人介紹掛上阿叔的號，通常白日來，一次掛進晚上，碰見她放學回家，十七歲半，青春期，阿叔把她調養得髮黑膚白，沙皮狗旁若無人，十萬火急搜視她衣外衣內的搖顫，恨不得長出八雙眼睛。

下禮拜，沙皮狗又掛夜診。「醫生上次的藥好苦好苦哇，而且太利了，」沙皮狗說，臉皮垮還要更垮，「拉得我屁眼都快瞎了。」

「叫你不能暴飲暴食你不聽！裡熱積滯要攻下瀉火，這禮拜還得拉。」

「ㄏㄚˊ啊！」對方左手一彈往後甩，彷彿說曹操曹操就已兵臨城下，下意識預先防堵腸道潰不成軍。她又在此時返家，遁入後進自己房間，關上門，不對，神情不對，阿叔掐住那人手骨的神情不對，別人看不出，除了她誰也看不出。她心臟一緊一跳，滿頭擾亂發燒。

現在她終於離開了那裡，搬進阿叔安排的海邊的房間，他是否已悄切深心觀察多年她的期待？或者也曾像每個父母進入孩子青春的室內，打開抽屜，撣一撣枕頭底下，抽出架上的參考書翻一翻，背負了許多時間的市區公寓五樓房間裡，日光燈管投射工業無機白光，沖出莫名的廉價感；青綠色塑膠貼皮內裡業已乾崩脆碎的木頭書桌上，散置著她買的居家雜誌，他不需要拿起來看，因為她早把中意的頁份裁下貼在牆上，好像偷了一扇扇別家的窗。

海邊的房間，有城市文明的全套精工想像，原木地板壁掛液晶螢幕環繞音響，洗牆燈照住床頭的兩掛歐姬芙複製畫，三面象牙白牆，抵住一面玻璃窗，那玻璃窗大得不合理，正對著她的床，海夾藍攜綠隨光而來，人在其中，宛在水中央，她有時會錯覺玻璃外某日將探來一顆巨人頭臉，大手扣扣扣、扣扣扣，敲醒娃娃屋裡的迷你女體玩具。「頭家，」一整隊裝修工班爭相說服背手跨過地上木條電線漆桶巡進度的他，「頭家，太危險啦，風太大可能會吹破內，啊還有萬一做風颱也是啊。」這個來自城市的斯文人，至此對他們露出少見的無禮與無理：「我怎麼說你們怎麼做，屋子是我在住。」

只不過全非她的主意。她覆上眼皮，不再看窗外示現著種種隱喻的海，想著E口中「美好的老時光」。阿叔在她身畔，食指沿她月桃葉形的手背走著Z

字迴劃安撫，不超過腕緣小骨。指腹粗糙高溫，一寸被心火煎乾的舌尖。

§

……

美好的老時光，其實也沒那麼老，四年而已，
而且別人看我們應該都還是青春無敵，
只是「老」跟量無關，而是不可逆的「質」，
所有不可逆的事物都叫老，老油條，老花眼，老人痴呆，諸如此類。

這樣講起來好像我繞一大圈只是為了找一個懷舊的理由？
不是的，去哪裡或做什麼根本不是重點，重點是離開，
妳看，之所以叫『離開』不叫『離關』，意思就是有離才有開，
好吧，很冷，這是我瞎掰的，妳查一下辭海好了。

但我的意思是說，
妳記不記得有一次我問，我說難道妳沒想過去找妳親生父母？
妳說國中妳繼父管最兇時想過，但是不知從何找起，
也沒錢，決定長大一點再說，
然後長大一點，妳又覺得他們就不要妳，回去找人家有什麼意思，
妳說不是每個棄嬰都是苦兒流浪記或孤女的願望，
一定要千里尋親大團圓抱頭痛哭，
或許大多人只是把像壞牙抽痛的困惑藏好，再藏好，藏得再好一點。

當時我覺得滿有道理，
但老實講現在我懷疑妳只是離不開妳繼父而已，
即使是我。即使為了我。
……

§

阿叔不算寡言，只是難懂他想什麼。比方每有人問起他這身法門，問起他為何大隱於市匿跡民宅老社區——現在什麼都要包裝啊醫生，你看電視上的女明星，再怎樣天仙漂亮都有人嫌，一個個削臉的削臉、割眼睛的割眼睛，灌奶縮屁股肉毒桿菌做夠夠，好像身體是橡膠做的隨便捏那樣，是說醫生你包裝一下，裝潢一個大診所，然後可以上電視啊、上網路啊、出養生書啊啊啊啊啊醫生這個穴道按到會痛！……是、是說醫生你包裝一下，加上你這個斯文少年扮勢，ㄏㄡˋ，那真的可以每天天亮眼睛一睜，錢就人往高處爬水往低處流那樣統統流過來……阿叔次次聽次次鐵口直斷：連女兒都不傳，何況外人。包裝，包裝我不懂，不懂的就不要碰，做這個養家有夠就夠，事情多了忙不過來，不要弄那麼複雜。

然而掩上公寓大門，只剩他兩人時，阿叔卻開始剛柔並濟的遊說大會，話硬一點就是學這個好歹餓不死，軟一點就說真沒想到功夫就廢在他這一代。一次她終於忍不住接話：「就跟你說我沒興趣嘛！你很矛盾耶！我不是真的你小孩而且還是女生，明明就不及格你是怎樣一直要凹我！」那時她已大學二年級，卻是二十年首次在阿叔臉上看見一種破碎的傷害訊息。他一下子鬆垂了肩膀，點點頭，知道問題出在自己不在她。

此事遂作罷論，他開始盯著報紙，說，現在外面做什麼，都實在不容易，妳念那什麼歷史系，畢業了若到底找不到工作，不如阿叔就真的開間像樣的診所吧，我只管看病，別的都交給妳，妳年輕可以放手發揮。相依為命的兩個人，這提議聽起來像順水行舟，只是會流到哪裡她感到不可說。

後來也不用說了，她認識了E。

認識了E，一切都那麼快，快得像瞌睡時閃現的夢，夢中十年只是午後一秒。她大學畢業，E拿到了博士班獎學金，要翻山越嶺漂洋過海去用英文研究亞洲人。E說妳跟我一起去。我得想一想。我必須先去學校報到，求妳準備好即刻來。

或者問題不是她有否準備好。周日的晚餐桌上，她與阿叔分食一鍋雜菜麵。那就是來過我們家兩次的那個男生。嗯。他申請到美國博士班要我一起去。妳們認識不是才半年。嗯。妳去那是能做什麼。不知道，先去看看再說。想什麼時候去。對不起阿叔我其實已經辦好簽證……也買好機票了。妳要離開我，妳不會回來了。不會啦怎麼可能不回來，阿叔——

不要說了。他平心靜氣打斷，隨即搖搖頭，起身回到自己的房間。她將兩人的碗筷留在桌上，鎖好客廳大門，也回到自己的房間，關燈，躺上床，今天並沒有勞動奔波，但她覺得很累。

然後阿叔來了。

他安靜地，不是躡手躡腳或鬼鬼祟祟，只是安靜地走進她的房間，坐在她身旁。

沒有聲音，沒有氣味，沒有光線。官能既無所不在也全面引退，空氣裡有各種理所當然、不需符號背書的詭異自明性，天經地義，像他撫養她那樣天經地義。像她屈膝腿彎、他側身輪廓那樣天經地義。他軌跡確定的熱手不斷順流著她披在枕邊的冷髮，掠過她耳後脖根。

沒有抗拒，沒有顫喘，沒有狎弄。她古怪地直覺這不過會像一場外科手術，有肉體被打開，有內在被治療，有夙願被超渡，然後江湖兩忘。他雙手扶住她腰與乳之間緊緻側身，將她臉面朝下翻趴過來，揭開她運動 T-Shirt 的下擺（自六年級班導莊老師帶她買少女內衣穿的那日開始，她的睡眠一定規矩無惑地由各式運動長褲與長短袖T恤包裹）。她雙臂往前越過耳際伸展，幫助衣物卸離，處女的雪背在夜裡豁然開朗。

阿叔雙手遞出，說了當晚的第一句與最後一句話。

「不會痛。」

大椎、陶道、身柱、神道、靈臺、至陽、中樞、脊中、懸樞、命門、腰陽關、上髎、次髎、中髎、下髎、腰俞、長強……自上徂下，依脊椎走勢遞延，阿叔在她祕密微妙的柔軟穴位，插入或堅或柔、或長或短、或粗或細的金針鋼針。確實不痛，她卻開始想喊了，但筋肉失重，崩壓喉頭胸腔，身體是一場大背叛，與她為敵，她叫不出來。

接下來的事果真像一場外科手術，或者神術或魔術。他將她顛過來倒過去，在諸般奇異或乏味的部位埋下消息，她感到自己在身體裡一吋一吋往後退，最後失守的是咬不住的牙關，唇瓣一分齒列一鬆舌根一塌，徹底癱掉了。

§

……

妳甚至不回我email，
MSN，大概也把我封鎖再也沒看妳上線過，
電話手機都不接。
剛到美國落腳的時候，每天打電話給妳，
連打一個月，都妳繼父接的（我感謝他的耐心跟好脾氣），
他最後終於告訴我妳其實不是睡了、剛好出去或手機忘了帶，
只是不想接我電話，
然後隔週我再撥，空號。

我猜妳終於煩不勝煩。

……

§

作為一個癱瘓者的看護，阿叔無懈可擊。他賣掉了老公寓，帶她搬來海邊的房間，日常生活很快重整路線。早上，他拉開窗簾讓鮮活的海景沖進來，扶她斜坐起身，打開電視，讓她看見外面的世界。有時她會突然像貝類咬住自己的殼那樣閉上眼睛，他就拉來一張舒舒服服的讀書椅，親親熱熱坐在她床邊，從頭到尾讀起幾份報紙，各種propaganda，謀殺與欺詐，鹽有一百種用法，名模最愛大弟弟（內容其實是講她跟手足感情親密）……

為了保持良好的癱瘓，種種瑣事辦完他還得花好多時間繼續下針。這原本是個貪怨搏結的場景，兩造都感覺房內充滿黑氣，但久後她開始期待這個過程，因為二十四小時密閉的恆溫空調使她皮膚乾燥發癢，只有身體被翻動與床單纖維摩擦、針尖刺入膚底時略可緩解。她不想屈服，肉的現實迫她屈服。

卻又是美麗的肉。她從沒這麼美麗過。他的鍼術不只把她停住而已，不是，那太業餘了，太沒意義了。他密密熬成的藥液湯汁有講究，用針的時辰季節有講究，他每日一定扶她起身，節制地（絕不橫衝直撞或誤入歧途）脫乾淨她的衣物，讓她看見鏡子裡的自己有多好，多滋潤的白，多巧妙的攀升與落陷，半透明的鎖骨與胯骨，別說臥床，健康十六歲少女都不蒙賜這樣美麗，玻璃棺中白雪公主都不能這樣美麗，咒眠百年睡美人都不能這樣美麗。「我沒有辜負妳，絕對沒有辜負妳。」他邊幫她剪指甲邊這樣說，地毯上落著片片半月形瓷屑似的殼衣。她感覺自己像枚密封的漿果，沁出甜汁慢慢浸爛入骨。又想，他這門保鮮技巧如用在菜場的生鮮攤檔上或許也有很好的效用。

十指都修乾淨了，天光還早，閒日尚長，他撣撣床緣站起來：「我今天幫妳收了一封email，我來念給妳聽。」

§

……

所以這幾年我沒有回去過，
因為我沒辦法懂，也沒辦法想，
我們……唉，算了，過去的事就算了，
講這些好像在翻舊帳。我只是覺得難受，
這時代什麼新東西都招之即來，老困境卻不能揮之即去。

不說了，F，下禮拜我終究要回去了，
妳離不開，那我回來，
不勉強，但是，仍想見妳一面。

天啊這句話聽起來好土。

我會帶妳喜歡的那種巧克力。

仍想見妳一面。

E

§

她知道他大可不必念這封信給她聽，她曉得他後來就占用了她的筆記電腦，她看過他端進端出，還笑著跟她說：「好多人寫信找妳。」他大可以像收拾所有別的消息那樣按一個鍵收拾掉。

但他不。

終於雙眼棄守陣地，四年來她第一次真正被擊潰而流出眼淚。四年來無數次她夢見自己倏地從床上立起，他不在，她快速敲破玻璃窗跳進海裡，波平無事她就一直往外游，等他發現的時候她早就遠了，且他也不會游泳。她知道自己以後連夢裡都沒有這一天了。

「可憐他還記著妳，」他說，「可憐妳也還記著他。」他想告訴她沒關係哭吧，盡量哭，沒關係，我不像妳媽那樣軟弱，軟弱就算了還善妒，妳那時候太小了，一定不記得的，當時她多麼嫉妒，她無法忍耐妳一出世我眼裡就沒有她。她實在太不明理，一個母親把自己的親生女兒當作敵人，真蠢，不能容忍父親對女兒的愛，真蠢。她離開也好，否則我想她很有可能殺死妳。妳媽有一次罵我有問題，她才有問題，我是醫生，我知道我沒問題。

他只是都沒有講，他知道她不會懂這一切只會覺得自己被他騙了。孩子總是不懂父母的苦心，女人總是不懂男人的苦心，病家總是不懂醫家的苦心，學生總是不懂教師的苦心，人民總是不懂政府的苦心。這說遠了。

她仍泣，要下手止住也可以，但她面無表情掉淚的樣子很好看，完全不動靜的身體卻有睫毛眨一下撲一滴淚下來，眨一下又撲一滴淚下來。他坐在讀報的扶手椅上觀察了一下，覺得這場景很好。

今天的海也很好，沒有風雨到來；海邊的房間也很好，沒有裂變到來。兩人的日子還長，不怕。他一拍椅子扶手站起身，好了，海潮在退，時辰差不多。他從懷裡取出一伏絨布，抖出裡面一束長短針，太陽光打上使其精光亂閃，這些光會貫入她的身體，使她不虞匱乏，恆常美麗，長相左右，只要待她平靜下來，不會因思慮悲泣打壞針效時，就能夠動手了。

（二〇〇六年聯合報文學獎．短篇小說評審獎）

入夢者

他要到連續重開機六次、洗了一週來的第一場澡、下樓買了涼麵與菸再回來，才能相信眼前發生的事：有一個女孩，終於有一個女孩，透過交友網站主動寫信給他。他非常驚喜，不過彷彿是驚多一點。

他的模樣不使異性喜愛，向來都是，最清楚這一點的也是他自己。雖然世界對男人的要求從來不如像對女人那樣，到了「該美或該死」的地步，而他也像絕大部分的同性，永遠羞於承認對自己形貌的遺憾，但每當送出的電影票被拒絕、發現女侍大小眼、或只是很簡單地在地鐵的車窗上看見自己的倒影時，他仍會聽見一個非常有力的小聲音：如果能夠像基努李維的話，誰又願意像豆豆先生呢？

這窘況無可避免地決定了他日後的繭居性格。國中的生物課講到孟德爾種豆發展出了遺傳學，他茅塞頓開按圖索驥完全認識了自己：祖父小得莫名其妙的嘴、祖母的尖耳朵、外公頑強的自然鬈與懶、外婆的易胖、父親的酒糟鼻與反應慢、母親站在國小學童中都嫌矮的個子與拖眼角、與舅舅一模一樣的眉角黑痣（關於這點他真氣，從沒聽說過痣也會遺傳，竟在他身上發生了。）與大量青春痘，還有眾人共通的小市民氣質。

他發現自己根本是整個家族遺傳缺點的完整集合，除了悲傷之外更覺得太荒謬，頓時再也不想抗逆。等上到達爾文演化論時，他加倍心驚，為了避免被物競天擇說發現自己這種該淘汰的個體，他決定此後要盡量而非常地低調，就像父母給孩子命名為阿狗阿牛，以免鬼使神差養不大的道理。

§

因此他倒是確確實實以狗或牛的堅韌風格活下來了。三十一歲，獨居，過重，速食店店員，髮質異常鬈曲，運氣通常不好，已經不長青春痘但臉上全是痘疤，因社交無能導致某種幼稚性格，時時被店經理告誡個人衛生該加強，沒有什麼事情還能打擊他，碰到漂亮的女客人手會抖（風聲傳出去後，一群在附近上班的粉領族紛紛祕密地藉他測驗自己），每天晚上一睡著，就馬上做夢變成不一樣的人，在交友網站登錄資料等了三百零五天才收到第一封來信。

女孩說，發信給他沒有什麼理由，只是看了他（其實只有一百多字）的自我介紹後，覺得兩人應該聊得來。他顫動地讀著，然後寫寫刪刪刪刪寫寫，三小時後才提心在手地送出回音，自此開始雙方按部就班的信件往返。

每日早晨起床，他會收到她一封不長但也不短，約五百字的電子郵件，大多在回答他前一天的提問、繼續前一天的話題，以及表現出適當程度對他的好奇。她的遣詞用句不特別，偶爾會出現連他也能馬上意識到的錯字，但又有種不具威脅感的親切的聰明，總之，完全是個中等教育程度的平凡女孩。而他從頭到尾讀三到五次後，便出門上班，接著在工作時間裡斷續地捅著小漏子，因為他的腦子全都用來預謄信稿。下班後，他馬上回家，花一個小時將一整天工作錯誤換來的一千字送出，繼續等待第二天早晨。這種等待雖不怡人，但他也有幾百個不敢提議其他接觸路徑的理由。

至於為什麼這樣一個月後他就無法自拔，則不全然是因為他除了親戚不認識任何女生，也是因為對方的完美毫無裂懈。這裡講的完美與長髮大眼纖細溫柔無關——當然他心中也有理想的形象：嬌小，最好白一點，像香草霜淇淋又軟又甜。但更關鍵的其實是那些他寂寞多年下來累積的內心戲。比方說她最好愛吃芹菜、紅蘿蔔、魚與豆子，不吃大部分的肉類跟蝦，這樣他們一起吃飯的時候就可以互相幫對方清空盤底；她最好也喜歡半夜逛二十四小時營業的超市，把每一樣東西拿起來看過再放回去，也喜歡在家看DVD勝過進戲院（但她不會租那種片商買來直接進出租店的藝術電影）；她是獨生女，小時候討厭上美勞課，走路時屢屢抬頭看天，緊張時會一直說話，容易感冒，以吃醋發洩壓力，每次到便利商店都買不同的飲料……

隨著她每日多半只是閒聊的一封郵件，她透露出越來越多與他上述種種空想不謀而合的細節，越來越能體貼他心中不可言宣的隱密，在此同時，他睡眠中的所有夢則被剔除。他曾經很會做夢，並且全是現實中匱乏的快美內容，現在卻什麼都沒有，沒有寶藏、沒有象徵、沒有褻瀆也沒有恩賜，只剩密切的黑。

這種種都不合理，應該叫人心生疑惑，但他覺得美夢並非消散，而是結晶成他與真命天女的遇合，正在趕往成真的路上。所以每日默默回家與上班途中，他想到天幕下有個陌生親密的女孩與他同步著生活，就有種既空又滿的歡喜。

§

他們都沒有提過見面的事，這個默契原本讓他心內安穩，但許多日光跟雨過去了，許多了解過去了，許多甜美的對白過去了，她卻甚至不曾表示他可以打個電話跟她聊一聊天。

也不是說如果女孩走來他就真的敢面對。只是這種像一個人又像兩個人，也不孤獨也不充滿的日子，開始讓人心煩，讓人不斷萌生這樣那樣的猜想，而不管這樣或那樣都難以兩全。

或許一切完美的她正等他開口，可是他想恐怕不可能有女孩期待他這樣的對象。

或許她已經結了婚，有一個三歲的女兒跟剛滿週歲的兒子，丈夫從頭到腳都在出油，她只是在餵奶與恨生活的空檔裡換幾十種不同的身分，讓幾十個可悲的傢伙天天胸膈悶脹。

或許是個無聊男女，大費手腳只為看一個陌生人出醜。

或許對方過不久就會要他匯錢到某個帳戶。

或許，還有一個最糟的或許，他未免內愧地推理著，她可能跟他一樣，全世界最不想看見的人就是自己。

想到這點，他決定停止或許下去。現實不來催逼已是寬赦，沒理由還自己迎上前去。而且，他忖度著，誰知道呢，說不定就有個嬌小美麗的女孩被造來愛他。如果有人贏得樂透頭彩，有人遭雷殛後生還，憑什麼忍耐了這麼多年的他身上不能發生一點奇蹟。

§

大概因為向來有避開任何反射表面的習慣，所以，他是最後一個意識到異變的人。

起初是對街國中的一群小女生，每個傍晚都來速食店裡寫作業，書本考卷鋪滿桌面很像一回事，但幾雙帶笑的眼睛完全不在功課上，總遮掩閃爍地跟著時而收銀時而煎肉時而拖地的他。這使他極端不自在，大量犯錯，然而無可奈何。

接著是同事們形跡明顯但內容不詳的小話。他知道他們一直愛說人小話，只是不知道有一天也會說起他。

最後是他的母親。一日早上她忽地想到什麼事需與他談，按了電鈴他開了門，她卻呆了一呆。「對不起，我按錯家了。」

「媽？什麼按錯家？」

因太訝異，他母親也忘了來找他到底為的什麼事情，端詳他良久後只說：「你怎麼瘦這麼多？」

事實何只如此，母親神情恍惚地離開後，他在廁所裡對鏡站了半小時，雖則還認得出自己，但非常害怕，一直想起鞋匠與小矮人的童話故事，好像也有某個夜半來天明去的什麼東西，日日在他睡眠的身體上做工，且添且抹，使他成了一個體廓精實、面容清明、泛出某種非現實光亮，甚至還確確實實長高了八公分的男人，連眉角生毛的黑痣都退隱成一塊形色平淺、讓人想像起拳擊手的疤痕，難怪數月不見的母親一眼認不出兒子還驚至短暫失憶、同事們私下傳說他不但減肥還整了型，而那堆國中女生自然不關心舊他去了哪裡，只是對新他很感興趣。

他知道是她。現實在女孩出現後開始變形，他卻像那個好龍的葉公，閉門在家倉皇，三天後才戰戰兢兢領受這奇巧的意外，像在社交圈初露頭角的暴發戶，還不太懂得抬起下巴，經過每個櫥窗都得重新發現一次自己，但逐漸感覺良好。同時他也勇於接受百貨公司售貨小姐的造型指導，她們含笑無視其他來客，聲音溫柔像在說個祕密，告訴他可以在對街的二樓找一位 Kenny 剪頭髮，離開時他帶著這袋那袋東西、以及兩張背面被偷偷寫了手機號碼的發票。美是階級，肉身是兵器，他穿越城市中一層一層視線時，知道自己成了統治者。

但他掛念的只有一件事：現在可以見她了，她會來嗎？

§

那夜的細節還很清晰。大約傍晚八點半，他抱著新行頭跟滿肚子心事回到公寓，九點，吃完一個街邊買來的便當，然後打開電子信箱，一切一如往常，但收件者已然是個新人。

這三天的消匿，他想，會不會讓女孩在燈火萬家中的某個窗內焦急輾轉起來呢？不知為何，這念頭讓他產生前所未有的劇烈勃起，他不得不放棄一個晚上設想好的、所有用來說服她見面的理由，只寫了兩句：「週末我們去看電影好嗎？我請客。」就匆匆關機熄燈掩被上床，一上床就睡著，一睡著就做了多日來的第一個夢，夢見女孩。

夢中人稱混亂，有時他看著自己與女孩兩具優美的身體彼此攀纏，有時又回到顛動的交合中，女孩的體膚呈半透明香草蛋奶醬色，唇瓣時時拂過他束束神經。達到高潮時，他無意咬下她的肩頭，沒有血，口感一時軟一時脆，滋味則像各種新鮮水果，性慾解散後的他食興大開，吃得口滑，把女孩嚼完後才猛然想起，不對啊，人家不是食物啊？

他雙腳一陣痙攣，彈上地板，抬起頭，牆上掛鐘的夜明指針指著三點四十七分，而自己人在電腦前，不在床上，面前的螢幕在萬暗中迸發強光。他意會到剛剛是夢，吃力地讓自己離開那具宛然還在的身體、疑惑著自己怎麼在這裡、濛濛看進他明明記得睡前關了機的電腦螢幕中間。

瀏覽器開啟了一個 hotmail 信箱，是女孩的帳號。信箱裡整齊排列著所有來自他的郵件。另一個視窗則正在回覆昨天的電影邀約，但打了頭幾個字「你是說看電」就懸住了，感覺像寫信的人只是暫時離座起身，上個廁所。

但寫信的人並沒有離座起身，上個廁所，卻是從夢中醒來，右手食指與小指欲語還休地虛扶在ㄧ跟ㄙ兩個字鍵上，並且一直呆然保持這個姿勢，直到天光微發，開始聽見那些起早趕晚的人車時，他跑進廁所吐出了昨夜的便當菜，有醋溜魚片、炒紅蘿蔔丁玉米跟青豆、一些飯粒跟蛋末。嘔吐物條理分明，他突然想起，自己這段時間竟吃了不少以前從來不碰，但「她」說喜歡的食物。

§

他不知道這算人格分裂還是夢遊症還是什麼病，唯一確定的是，他工作時精神不集中而且身體消瘦的原因不是愛情，而是睡不好——從他深眠後莫名其妙起身、走到客廳、打開電腦、到 **hotmail** 與交友網站各註冊了一個身分、寫信跟自己說「我們應該很聊得來喔」、再回到床上、然後醒來什麼都不記得了的那一天開始，有整整一百一十三天，他每天原本七小時的睡眠只剩下被截斷的四小時，怎麼可能睡得好？

仔細翻查那信箱與電腦內部記錄後，他無法理解自己幹嘛對自己做這種事，或許因為實在太需要愛，或許剛好相反地因為太恨自己，也或許因為血親中不知誰帶了一樁神祕的心理惡疾：有人贏樂透頭彩，有人被雷打到，他則是有百分之百的機會得中遺傳缺陷的大獎。

問題是不管哪個原因都一樣，都不改變他永遠只有自己的事實。幾天內，他就像園遊會結束後塌軟的氣球還原成出廠值：小得莫名其妙的嘴、尖耳朵、頑強的自然鬈、胖、酒糟鼻、矮個子與拖眼角，眉角的黑痣甚至還得寸進尺地由平面長成立體，順帶抽出數莖黑毛。唯一的改變是因為他曠班嚴重，速食店幹部在他手機裡留言告知他不用來了，於是他去了便利商店。還有，他把電腦賣掉，倒不是因為睹物傷情或心生恐慌，畢竟他也恢復了狗或牛的堅韌風格，而是不希望自己有機會在不知哪日又起身弄些什麼把戲。

不過後來也真沒有了，他自此恢復晚晚發夢的習慣，唯內容褪淡成千篇一律的日常：吃了一碗太鹹的榨菜肉絲麵、急著找廁所、玩電視遊樂器破不了關。但他有時早晨醒來，尤其是在催汗的溽暑，躺在床上聞見自己終夜不散的體臭，回味著夢中那具宛如水果奶酪的女體時，他總不可抑制自己去揣測：那晚凌晨三點四十七分「她」來不及寫完的那封信裡，到底原本要跟他說些什麼東西？

想到這裡，他會非常憾恨，卻僅能長長嘆口濁氣後從床上起身，換穿上跟昨天一樣的T恤與短褲，準備到便利商店接班然後拿店裡報廢的麵包牛奶當早餐。他拎起鑰匙，掏掏口袋裡還有些零錢，走出大門，完全忘記今天是自己三十二歲的生日，只是又開始了一個美夢永不成真的日子。

（二〇〇五年時報文學獎．短篇小說評審獎）

跌倒的綠小人

「媽的，他到底會不會跌倒？」老B說。

「應該會吧。」我答。

§

老B是我高中同學，他很怪，明明跟我們同年，看起來卻像賣黑輪的老伯。夏天我們常常鬥完牛，光著上身去吃冰，老闆都說：「這個老師真好，跟學生打成一片。」我們都用臺語叫他老伯，後來他勒令我們不許叫他老伯，我說好啊，「那就叫你老B好了。」

老B更難聽，他很氣，可是因為實在很難聽，所以我們都叫得很爽。

「老B！」

真難聽。可是真他媽帶勁。

§

最近臺北市的行人紅綠燈悄悄在改變。以前那種不知道什麼時候會變綠，又不知道什麼時候會轉紅，刺激的老舊機型看不太到了。取而代之的是一種綠燈時上方倒數讀秒，而下方有一個走路的綠小人。隨著秒數減少，小人愈走愈快，最後開始瞎跑。

當然我不介意他的瞎跑，老B的意見是，綠小人也很可憐，成天走走跑跑，卻到不了任何地方。但問題在於行人的娛樂沒有了。以前過馬路，要賭心思、靠運氣，有時還有點拿老命開玩笑的豪情壯志在裡頭。

所以有一陣子我跟老B都覺得很乏味。美好的老時光。

可是後來我們聽說，有時候，不定期地，（也有人說是每二十次），那個綠小人，在倒數兩秒快跑的時候，會跌倒。

就是跌倒。看過哪個驢蛋在你面前啪這麼一下摔個狗吃屎沒有？

這使我跟老B蠢動了非常久。我們說好，每次過馬路時都要注意那個綠小人，看看能不能遇到跌倒的綠小人。

結論是：不能。三個月來，我們從來沒有看過跌倒的綠小人。

所以老B決定，我們一定要找一天，特地坐在某個路口，等跌倒的綠小人出現。為了這大事業，我選在辭掉工作的第一天，與失業的老B一起坐在仁愛路與光復南路的交叉口一家通訊行門口，守著紅綠燈。

我們要看跌倒的綠小人。

§

早上十點多。在便利商店買了礦泉水、口香糖、菸、跟一條土司麵包。原因是這有一種極具質感的落魄。我跟老B，一人拎一罐進口富維克（本來要沛綠雅，結果那小破店沒賣），老B特地挑了一包大衛杜夫（我們原本都抽長壽）跟波爾薄荷口味口香糖，（其實我最愛飛壘葡萄口味，我吹出來的泡泡比葉子楣的……你知道，兩個加起來還大。）麵包包裝得緊俏紮實。

有氣質的流浪漢。

而且我們看起來不壞。

§

老B有碩士學位，老B說他自己就像太監一樣。

「沒搞錯，真的，唸英美文學卻沒出洋，」老B說，「就像太監，明明是男人，偏偏沒懶趴。」

所以老B一直高不成低不就。男生學文本來出路就不廣。再加上老B又很挑剔，幾年前他剛畢業時常聽他說：「這不是我該幹的！」

誰又該注定幹什麼呢？我對老B說。他只翻了翻白眼，好像在哪條陰溝裡飄了八天的溺死鬼。

§

早上十一點二十七分，天空裡沒有雲，沒有飛機，連藍色都是一種「什麼都沒有」的藍。有風，涼淨得不像臺北市的風，然而那風裡也是什麼都沒有。

我怪老B挑了個爛地點，臺北市那麼多個十字路口不好挑，偏偏在這，這裡一個綠燈都九十幾秒，等得很累。而且空氣不好。

老B說：「我們好像在等待果陀。」

我嗯了一聲，「我們在等跌倒的綠小人。」

這次小人也沒有跌倒。

§

早上十二點五分。

我們都有點累，麵包幹掉半條，胃還是空空的。水老早喝光，剩下半包菸，兩片口香糖，而且我們沒交談。老B瞇著眼睛，雙手後撐。我昏昏盯著燈號。

倒數計秒，九八，九七，九五，九六……像時間的影子。我問老B：

「不是說每二十次就有一次嗎？該不會真的是隨機的吧？現在幾次了？」

「嗯，二十八次。」

「二十八次？」我怪道：「不是二十六次嗎？」

「二十八次啦。」

「不對啊，我明明算二十六次。」

「可是我算二十八次啊，」老B說，「你數學太爛了。」

「你數學又有多好？我們一樣爛！以前你每年都跟我一起補考。」

「屁啦，我只有升高三那年補考過數學好不好。」

「你放什麼美國屁？你明明三年都補考。」

「就算三年都補考又怎樣？我算的很清楚！二十八次！」

「二十六次！」

我們突然意識到這爭辯的無稽幼稚，雙雙閉上嘴瞪對方，好像這樣會讓誰比較有理一樣。

然後我們聽到車群發動的聲音，變紅燈了。

我們錯過了那次倒數兩秒綠小人。

萬一剛好小人就跌倒了，怎麼辦？

誰也不能怪誰。我跟老B繼續沉默。

過了十幾秒。

「那剛剛那一次到底要算第二十九次還是第二十七次？」老B問。

§

下午十二點五十一分。我們決定打電話問臺北市政府到底綠小人會不會跌倒。

這精準的決定讓我們興奮了兩秒，我拿出手機來，交給老B，老B又交還給我。

我說：「我不知道臺北市政府電話。」

「那我就知道嗎？」

一陣安靜。

「嗯。那問誰？」老B說。

「嗯。」

二陣安靜。

「我打電話問我妹好了。」我說。

「你妹不是在新竹上班？」

「所以呢？」

「在新竹上班怎麼會知道臺北市政府電話？」

「你知不知道現在美國總統是誰？」

「柯林頓啊。」

「你是臺灣人你怎麼知道美國總統是誰？」

三陣安靜。

我妹妹在科學園區上班，打她手機，她鎮靜有禮地說：「很抱歉，我現在在開會，我交代祕書查出來之後，再跟您連絡好嗎？」我說好。一面猜想她掛斷電話之後會怎樣謙恭得體告訴上司，電話那頭的人是怎樣一位重要客戶。

祕書給了我幾支不同的電話，我說謝謝。

我們的電話在經過總機、市民服務中心、工務局、都市發展局、建管處、市府員工子女托兒所、養工處、訴願會、醫務室、土地重劃大隊、政風處、環保局、新聞處、祕書處，虛耗了龐大電話費之後，終於轉到了交通局。

他們的答案是：「我們也不確定，可能會，也可能不會。」電話裡平板的聲音好心地教導我：「我們有080免費專線喔，如果以後還有問題的話。」

我說謝謝，扣上手機蓋。

§

下午一點三十九分。老B說：「喂，這裡離市政府那麼近，我們乾脆直接去問馬英九好了。」

我沒做聲，打開最後一片口香糖放進嘴裡。車子轟隆轟隆，一部接一部從我們眼前經過，不知道它們從哪來，也不知道它們到哪去。

§

我跟老B當時已經完全無話。太陽不熱，只是很亮，我不知道老B怎樣，我的腦子裡不斷重複著哪裡聽來的一首歌⋯

you'll wish that summer could always be here⋯⋯⋯

you'll wish that summer could always be here⋯⋯⋯

you'll wish that------

然後，綠小人跌倒了。

「跌倒了。」老B說。

「真的耶。」

我原以為，我跟老B會虎一下蹦起來，抱著對方大叫大跳。在我最早的猜想裡，我們應該像嘉年華會，然後樂得像個全身掛滿熱帶水果的森巴女郎……

可是我跟老B一動也沒有動。

時間突然顯得一點不重要。腦子裡歌也不唱了。小人著地那一瞬間在我們腦海與視網膜不斷作用。我猜想老B現在一定跟我一樣，一面盯著眼前來往川流的路人行車，一面浮起某種近乎猥褻的微笑。

我點起一根菸呼呼吸起來，老B輕微搖晃身體。

「很滿足。」

「好像在對了幾萬張統一發票後終於中了一張兩百塊的一樣。」老B說。

「好像在吃了幾百萬個章魚丸子之後終於吃到一顆裡面真的有章魚的一樣。」

「什麼啊。」

我拍拍褲子站起來：「說到章魚丸子，我餓了，去找點東西吃吧。」

老B沒有動，他搖頭。

「我還想再看一次跌倒的綠小人。」

「媽的你瘋啦！」我大驚，「這要等多久啊？這根本是隨機的好不好！就算不是也證明了這要等很久很久很久很久！你起肖啊！」

老B抬頭看我，「可是我們都很確定，只要等下去就一定會看到啊。」只要等下去而已。」老B說，「這世界上還有什麼事情這麼確定？只要你等下去。」

「可是你要等到什麼時候呢？等到下雨？等到被某個酒駕的白痴撞死？」

「我被太多可愛的謊言唬弄過，」老B沒有抬頭看我，只是說不上來多麼神往地注目著紅綠燈。「你知道我為了那些謊言，等過太多等不到的電話、神話、屁話、廢話。對統一發票很可能對上八百萬張還中不了一張。但這個，」他指了指對面，「這個綠小人不會唬弄我。」

「可是老B，」我說，「我們不是已經等到了嗎？剛剛那一隻，我們已經等到了啊。」

老B將頭放在膝蓋上，揉著太陽穴，我站在一旁感覺著混合了廢氣與煙塵的街道。整個街道從我們身邊走過。

過了很久。

「還有菸嗎？」老B說。

「沒了，最後一根我抽完了。」

「你覺得大衛杜夫好抽嗎？」

「媽的一點也不好抽，還是長壽好。」

「走吧，去買兩包長壽，然後到我家看錄影帶。我昨天租了《食神》。」

「不是第四臺一天到晚在演，你租個屁啊。」

「那你到底要不要看？」

「……要。」

「那就不要廢話。」

「喂，大白。」

「幹嘛。」

「綠小人哪裡都到不了對不對？」

「應該是。」

「但我們真的看到綠小人跌倒了對不對？」

「對。」

「真的跌倒了？」

「真的，」我說，拉一把老B伸出的手，「綠小人真的跌倒了。」

決鬥吧！決鬥！

周雪的背靠在騎樓樑柱上，無所謂行人都在看她。很冷漠臉上很淡的笑。不仔細看，一定以為眼睛閃亮是金邊眼鏡的反光。

眼前兩個男人正吵得氣衝斗牛山河變色，全是為了她周雪。

§

為了節省上美容院的錢，不到不像話地步她難得整理頭髮，現正接近不像話中，塌塌的，像一頁舊報紙雜色蓋在眉上。她穿一件淡藕色老式絲襯衫，一身褶子，不新不舊要長不短的毛褲子底下一截棉襪。為了上下班趕公車方便，早就不穿皮鞋，而是每雙一九九路邊沒有人真跳樓過的大拍賣白球鞋，太舊了，她又有一氣起來就在辦公桌下蹭腳的壞習慣，鞋面都是龜裂，灰齷齷的。

沒人為她做過什麼，又好像從來不曾嬌嫩過。四十之後，在男女情事上早就斷念，然而是因為年紀大了才心如古井？還是因為自己老僧入定而平白拖大了年紀？她無法確定因果關係。只不過原本就尖的下巴、顴骨、暗皮膚，一年比一年嚴肅，單薄，陰鬱。

背後同事喊周雪「國父遺囑」。沒有人喜歡，但總得掛在那裡。每個人都怕她下三白的三角眼跟老資格。年輕女孩尤其怕。她對她們沒有好話，聒噪，吵，妖。「廟小妖風大，池淺王八多，我們是公家機關，不是寶斗里，沒必要穿紅配綠的賣騷。」一次她這樣說，字正腔圓，那大學剛畢業穿一件短洋裝露出雪白大腿的臨時雇員哭了。雖然女孩並不知道寶斗里什麼意思，總是聽得出口風。話說完了，十分稱心，可是一個不知哪裡跑來串門子的誰，冒冒失失打圓場：「周阿姨周阿姨，她年紀小，比較愛美；妳資格老，看我面子，不要跟她計較。」左一句阿姨右一句老，你又有什麼麵子飯子好看了。周雪抬腳走開。

不過，再罵誰，從來也沒有像這兩個男人罵得這樣兇這樣久。周雪想。他們可真為了她吵得不可開交。她想到年輕時看過的美國西部電影，塵沙滿天飛黃，豐胸細腰唇紅齒白的，金髮的，靠在酒館門口，微笑瞅著年輕俊俏的男子為她決鬥同時也無意勸解，石榴裙子是紅的，傾慕者的血也是。

§

但周雪也曾經很溫柔。高一她暗暗喜歡了二年級的學長，她記得他叫關擎磊，爸爸是飛官，住在民生社區的空軍眷村。她每天提早到校躲在川堂邊上，看他卡其制服寬肩大步走向教室。下學期時有一天，她目擊關擎磊在放學後與他班上來自滬商家庭的校花併肩坐在公車上。又有一天，關擎磊輾轉也不知經過幾個班級幾個人，帶話給她。「我每天經過川堂都起一身雞皮疙瘩，請妳別站在那裡了。」

以後她只好研究公佈欄上的榮譽榜，或每天朝會時候遠望司令臺上擔任司儀的他。她還知道關擎磊為了班花與附近的混混打了好幾次架，鬧得很大。但周雪不是很在意，她唯一反覆思量的，是有人繪聲繪影地說當時關擎磊是怎麼樣拚了命護著她，她又是怎麼樣梨花帶雨撲在遍體鱗傷的他身上。口耳相傳情節多半誇張，但周雪一次次將自己的臉孔代入那青春的躁動情節裡樂此不疲。高中畢業，上海姑娘做了飛將軍的兒媳，周雪終於收拾了漫無邊際的內心戲，原因沒什麼，單純只是因為她不知道什麼是夫妻生活而已。更何況在幻想裡，關擎磊已經為了她與亞蘭德倫或克拉克蓋博打過上百次群架，還有一次在野林裡與亨佛萊鮑嘉以長劍決鬥。結婚就結婚吧。

可是今天。周雪真希望他們能見到今天的陣仗。大馬路，熱辣辣的秋老虎，為她相持不下的男人。不，不只是他們，還有辦公室裡的眼睛與耳語，那些愛找她當伴娘的大學同學，貧嘴賤舌的親戚。周雪的胸微微前挺。溫馨無限。她認為男人沒有一個好東西。可是他們不同。周雪想。他們逼我，我該選哪一個呢？還是年輕那個比較出色吧。濃眉大眼，聲音宏亮，裸露的肩膊上有熱烈的陽光。

§

大學畢業之後周雪忽然對自己的處境豁然開朗。像大多女同學那樣找到長期飯票太困難，靠誰都不如靠自己。二十幾歲，已經知道現實是褪色的。別的女孩剪赫本頭，畫眼線，緊俏的喇叭褲迷你裙，只有她留住黑髮（省錢），舊的膠框眼鏡（還是省錢），老氣橫秋。她是永遠的伴娘，前前後後當過好幾次，實在也是，要找像她的一個人並不容易，哪個年輕女孩沒有一點光亮，只有她不管穿白緞子禮服或者旗袍都沒有人留心——不，其實最讓周雪不滿的是新娘們。真正漂亮也就無所謂了。可惜漂亮的不需要她，需要她的無非以醜制醜，藉機認識對象的心漸漸死了幾百次後，總算沉住氣矢志準備起她的公務員考試。

可是，考上了，又怎樣呢？父親教職退休，老本加退休金，周雪的哥哥早就立業，父母不靠她吃飯，開始煩惱女兒怎麼連個有可能的朋友都沒有？她生悶氣，搬開了，節衣縮食，跟幾個會，幾年後也是一層公寓。同事們當面誇她好本事，背地笑她寒酸，有樓又如何，每天還不是一個人吃晚飯，一個人蓋被！都幾歲了，沒指望啦。

她不能當誰的面喊叫出聲，說她有多麼不希罕你們的指望。但難免有自憐時候，真不敢相信自己就這樣比不過人家。一個個不見得高明多少的堂表姐妹都已出閣，她們究竟有人要。可是想想，這又有什麼好比的，那些死老婆的口臭的禿頭出油的男人，臉貼臉的時候真的不噁心嗎？

所以說，在這坐四望五的關口，有人為她捲袖子抄傢伙，便也不能怪她一身橫練功夫幾乎棄甲了。幾年來她不參加任何喜宴，原因出在局長嫡孫的湯餅筵上。當時科裡湊份子合上一封紅包，不去吃虧，一群人坐在門邊，離主桌十萬八千里，她偏偏眼睛好：坐在局長旁邊的竟是闞擎磊。據說他在大學裡做系主任，算算也五十出頭，身形剽悍依舊當年。周雪慶幸自己今早花幾百塊錢在美容院做了頭髮，身上這套墨綠洋裝沒怎麼穿過，還有七成新，若是面對面，應該不太寒傖吧。一時想著，才又意會到他身邊一團粉光，是桃紅絲旗袍上起著蝶翅黃、柳枝綠、羅蘭紫……這上海女人，怎麼不會老？

他們一路捏著酒杯敬過來，周雪尿遁不及，眾人紛紛起身，她遂拱著肩敷衍了事。關擎磊說，來來來敬大家，她忍不住抬眼，恰巧對上他夫婦眼神，兩人做應酬笑。周雪心虛，覺得好險，覺得失望。之後，科裡科外婚喪喜慶，尤其是婚事，她一概裝聾作啞，背地裡嚼說她的人不會少，周雪也不在乎。

§

當然，自己家人的喜宴不得不去，就算黑著一張臉。她哥哥晚婚，周雪原本以為他要光棍一輩子了，沒想到中國談生意去了一趟，帶回一個年輕大嫂。瘦不見骨，笑起來眼睛彎彎，皮膚白。又一個白皮膚女人！最可笑的是，前腳跨進臺灣，後腳就六國販駱駝說要幫她介紹對象。幹什麼呢，我又不吃妳家一碗飯，我不急妳急什麼？要男人我自己找，我們臺灣女人有個挑三揀四的脾氣，不像那些買來的。

大哥有幾個月正眼都不看她一眼，父親指住她鼻子：「妳怎麼這麼刻薄！我們周家沒有人這樣子說話！」她說爸你要媳婦還是要女兒，這樣子，全部的人反而發愣，不知該答什麼，十分困惑為什麼到了要媳婦還是要女兒的地步。她現在很想繼續回她父親的話：周家沒有人這樣子說話，又如何，我真的不希罕。不是沒有男人要我，而且我只是站在那裡而已。

「幹！幹你娘機掰！」

「汝無免佇遮哭爸哭母，台灣法律敢有一條是未使招人客？咱駛計程車攏是公平競爭啦！」

年輕的一個，看看說不過，回頭在車座下翻找什麼；另一個路邊吐口檳榔汁，也回去打開後車廂。淋漓的一口幾乎濺在她的白球鞋上，但她不以為忤，她雙手抱胸，慢慢辨認出他們口裡半懂不懂的語言，瞇眼欣賞他們的氣急敗壞。陽光很熱，兩人口中的「伊」，與圍觀的人群，周雪想起西部電影中煙視媚行的尤物，這樣倚在酒館門口，她的兩個情人背對背默默倒數。啊現代人懂什麼愛情，愛情就是你死他活。石榴裙子是紅的，愛人的血也是。

而這兩人，一個抄拐杖鎖一個握扳手，怎麼沒有打呢。如果他們不決鬥，她該怎麼端莊有風韻地在犧牲者身上放一朵玫瑰？又怎麼撲到故事裡負傷的飛將軍獨子身上嬌怯無力淚流滿面？周雪用手指扒梳頭髮，撫平褲袋跟袖口的皺摺，知道自己一生再也不會像這一刻這樣感動，所以也沒有注意交通警察打著哈欠從路的那一頭遠遠騎來，也沒有聽見路人的談論與笑。腦中許多許多張臉，她沒有空管他們是誰，只是在心裡好專注好恍惚，好熱望又好冷靜地喊叫：

「決鬥吧！決鬥！」

（一九九九）

成家

那座老花梨木色明式羅漢床，端端正正，大大方方，坐在他屋門口，像等待僧侶的神諭，等待願力的咒語。它渦紋足座亭亭，透雕背屏纖纖，榻面貼了朱紙墨字，寫著他名字。

他也聽說過八〇年代臺北人三個月丟套沙發五個月換組餐桌椅的暴富事蹟，大學生跟窮白領能在樹小牆新畫不古的垃圾堆裡撿出一整個家。但今時此地，誰願做那種無償送快樂的傻蛋？他簡直不敢露出笑齒，怕嘻跑了禮物，只緊手把它扛回去。

多奇妙。那空無一物的客廳，原本像他一樣地陰沉潦草。但安入這物件，彷彿就出挑了身分，見了背景，有了些好人家的模樣，他左右端詳，滿腹歡喜。

次日回家打開門，新沙發還在。他高高興興坐著，就著榻上的炕几看電視吃便當。咦，昨天有這張小桌嗎？但廣告在此時結束，主題曲進，他忘記要疑心。

第三天，天花板長出兩盞大紅玻璃燈籠，一左一右垂在羅漢床上方，像雙血淚含情，不捨一眨的熱眼睛。不對勁？這當然不對勁，但原先那孤陋的空間就很對勁嗎？他仰躺在上頭，紅光滿面，羞羞地想起女人來了。

第四天，浮出一口虎皮樟的木箱，是為茶几；第五天，一張內翻馬蹄足條案，是為電視架；第六天，客廳與餐廳的隔屏成了雙面鏤空雕花板，他開始見怪不怪；第七天，值得一提，上帝都休息的日子，他一早起床發現全屋換上木地板，有光時見不到，天一暗，滿地就浮現秀逸連綿的泥金書字心經：「……無眼耳鼻舌身意無色聲香味觸法……」然後這裡冒出紅眠床，那裡冒出碧紗帳，還有色色叫不出名目的玲瓏百物，由那羅漢床的沙發帶著，一日一日千生萬長。他坐在上頭，每天辛苦造冊檢點，開始擔心這些天賜會不會終究把他堆殺。

這是他的多慮。四十九天後，停了，他把整個家裡外翻過三遍，停了。唯從枕上拈出一紙薄信。

「吾兒：算算你也到成家的年紀，該預備的東西我們都燒給你了。還有一個女孩，原為你母看護，溫良細緻，是你良配。你代我向她賠不是，告訴他說陳伯伯實在一時情急，應當先藥昏她再燒的，所以把她燒痛了，陳伯伯實在是捨不得她變成別家的媳婦。你須好好待她。父字。」他恍然大悟，沙發邊一早就慢慢在堆高的炭屑堆，原來是一副坐在榻上的臀腿。腿上還有嫻嫻交叉的雙手。正在他眼前往上伸起的大概是腰，扭扭曲曲的。

很小心很小心地（怕把她震垮），他在她的（半）身旁坐下；又好輕好輕地摸住她腿，觸感渣渣的，像他的嗓音一樣：「妳叫什麼名字？……啊，妳的頭還沒堆好。那，我先歡迎妳，歡迎來到我們的家。」

（二〇〇六）

卜算子

他們的每一天都是這樣開始的，起碼在他身體壞了之後，他們的每一天是這樣開始的：伯起得早，他起得晚，但不會太晚；鬧鐘醒來，沖澡，仔細地刷牙，他看牙醫是不太容易的；在鏡子檢查自己，看起來沒事，量體溫，看起來沒事。今天看起來，沒事。

那時伯也差不多提早餐進家門。固定兩碗鹹粥、兩杯清清的溫豆漿。伯多加一份蛋餅，他多加一包藥。兩人邊吃邊看新聞。時間差不多，伯先下樓，他擦擦嘴，關電視清垃圾隨後跟去。

伯已經很習慣有他在一邊幫手。接預約電話，一天只開放早上兩個小時，時間過了線就要拔掉，否則沒完沒了；備錄音機，裝上給客人帶回家慢慢聽的錄音帶。掛前幾號的陸續到了，問生辰八字，錄在硃紅箋紙上，送進伯的書房。回頭端茶過來，順勢引客入內。

今早進來是一對男女，不高不矮不胖不瘦，都戴眼鏡，男子襯衫西裝褲繫皮帶，女子雙頰多肉，穿一件帶螢光彩色的花洋裝罩著短袖針織洞洞小外套，很世俗的類型，風景區裡「麻煩幫我們拍一張照片好嗎？」的類型。要結婚了，奉命來合八字與擇日。男子上下望他一眼，對他不是太以為然的樣子，他笑一笑，很習慣了，看看兩人生日，比他小幾歲。伯把一切瞞得很好，伯說自己一個人年紀大了，孩子是回來照顧他的，孝順呢，鄰里誇他，真是好孩子呢。

伯論命時會關上門。他坐在外面，讀報紙，接電話，上網，打一杯五穀湯喝。透天厝的一樓，粉光實心水泥牆四白落地，從外看來，若不說，也就是最尋常的鄉間人家，誰知道裡面有那些人心與天機。大晴天，太陽穿進鋁門窗菱格，在冷津津老磨石子地上篩出一段一段光塊，有時他就趁著沒人躺在那塊光上，閉著眼睛聽，飲水機的馬達聲，電腦主機的風扇聲，門外的大馬路有車子嘩嘩開過，這些車子一部一部都十分明白自己要往哪裡去，熱鬧而荒廢。

本來不會是這樣。其實伯從前最不喜歡他對此一營生好奇，也幾乎不提他的命理，只說過：「你就是註定要念書，好好念書，你只要好好念書就後福無窮。」也確實他怎麼念、怎麼考、怎麼好，高中開始獨自上臺北，一路當第一志願裡的中等生，逢年過節週末回家，伯娘沒有一次不是冬暖夏涼熬好糯米粥又炒一鍋麻油雞湯等他前腳進家門後腳就有吃，典型的好命子。

除此另還知道的唯一一件相關：伯雖然是爸，但不能叫爸。命裡刑剋過重。老方法應該過給別人養，然而伯孤枝一根，無兄無弟，晚來結出一子，最後折衷，不喊爸媽就好。他倒沒懷疑自己是抱來的，鏡子裡頭老照片上，三口人的相貌完全是算術，一加一等於二，自小到大無改。伯又說，剛學話的時候，一直教啊，小孩子這東西真是奇怪，他就是要叫爸叫媽，教好久才學會，要叫伯，還有伯娘，你說小孩子這東西是不是真奇怪。

這段小事也是後來回伯這裡生活才聽他講起的了。他沒想過有一天會回到這裡生活。他已不記得也沒算過的幾年前，伯娘患肺腺癌，胸腔打開來一看，無處下手，又原封不動縫上，六個月不到就沒了，出殯結束那天，下午回到家，兩個男人在屋廳裡分頭累倒，無話枯坐光陰，彼此連看一下靈堂上掛的伯娘照片都是分別偷望，怕被對方發現。

「要不要不然我多住幾天再回臺北。」最後他問。「不用。」伯回答。然後沉默。他以為伯睡著了，忽又冒出：「不用。你不是說學生快要期末考事情很多。」

災中之災。回臺北沒多久，追一袋血追到他身上。對方在電話那端像老式撥盤電話線一樣自我圈繞——我們知道，你一定莫名其妙，這麼突然，很不能接受，但是，還是要請你來一趟，檢查看看，也不一定——講來講去不知重點。他那時受昔日指導教授保薦回鍋當兼任講師，小小的學術香菇，一邊孵菌孢一邊改破銅爛鐵卷子改得惡向膽邊生：「你到底講什麼講半天我聽不懂啦！」開口罵過，那端忽然條理起來。

「是要請問，你之前出車禍輸過血，對嗎？當時那位捐血人，那位捐血人，最近驗出罹患後天免疫不全症候群——嗯，就是一般俗稱的——（不用講，我知道那是什麼。他打斷。）——我們必須，必須請你來驗血。」

又得再往前追，想起來了，是更早的事，原來早就被算計在裡面了。那是所謂「老兵八字輕」的退伍前，他收假前車撞電線桿，骨盆裂開，內臟出血，看過現場的個個都說他命大。伯跟伯娘趕到時，他正在手術麻醉後的後遺症，吐到腸子打結，但心裡知道沒事了，看著伯臉色發白，伯娘兩手緊攢如石，他小小聲說笑：「你現在總該跟我講一下我的命到底是怎樣了吧，他們每個都在說我命多大多大，我都不知道到底有多大。」伯說：「很大，很大，等你傷好回家我慢慢跟你講。真的很大。」

當然伯終究還是沒跟他講過什麼。他也不在意，不是信或不信的問題，無關而已。順利考上碩士，順利畢業，順利獲一跳板小學術職，順利通過留學考試準備申請出國，未來百般費用伯已經幫他立好一個美金帳戶在那裡。典型的小康知足，典型的一帆風順，典型的好命子。祿命是無關的事。

只沒想過如此，災中之災。那時講的命大命小都變笑話，證實感染，基因比對確認是那次輸血的結果，沒有發病，亦無人能預測何時會發病，仍被判斷應當治療。吃藥，嘔吐，腹瀉、無食慾，體重暴落，萬事廢棄。辭職，斷人際，拒絕一切支持系統，躲在臺北近郊靠山一頂樓加蓋日日黴睡。唯一只告訴伯自己搬家了，其餘怎麼解釋？跟誰解釋？誰給他解釋？沒有解釋。

哪曉得伯不知冒出什麼靈感，忽然找上臺北，伯問清楚，伯沒有哭，他哭了。你不要靠近，你不要靠近，我流眼淚又流汗這裡都是病毒。你當我沒知識啊，伯一巴掌打在他摀臉壓淚的手背上，你當我鄉下人啊，你以為我不知道這樣也不會怎樣啊？誰知道啦，不要冒險啦。

「現在我沒有什麼冒不冒險了啦！」

伯帶了他回家。從此每天每天，伯起得早，他起得晚，但不會太晚，兩碗鹹粥、兩杯溫豆漿。伯多加一份蛋餅，他多加一包藥。時間失去彈性與線性，不必多久，就好像一輩子如此永遠都如此。

後來領到一筆救濟金，兩百萬，像伯一樣的賣命錢，伯論一個八字，多年就是兩千塊，他算算等於一千條。伯說你用，去用，盡量用，花光光，愛買什麼買什麼。他沒講話。那時屋內秩序陌生，都不知這個那個收在哪，背地裡翻箱倒櫃，找伯的存摺跟帳號，要匯過去，結果拉出一牛皮紙袋，啪啪啪啪，好戲劇化，落下幾包厚信封，暈出一陣檀木薰香（是伯還伯娘呢，拿香包跟這些東西放一起做什麼呢。）細看原來是當時申請幾個國外學校的答覆函，當時為免遺失，他統統填的老家地址。打開來，一封一封都是錄取通知。

§

到底是誰照顧誰，大概還是伯照顧他多一點，早餐伯買回來，兩頓也由伯料理，不脫蒸煮的白肉雞蛋青菜五穀，他營養必須有十二分的秩序。本來還要他飲雞精，腥得離譜，最後改成三天蒸一碗雞汁，去跟附近一個有半山野放農場的主人買土雞。他很訝異這些事情伯是怎麼學會？「你伯娘那時候嘛。」伯淡淡說。

至於他的醫生，就總是一種可怕的樂觀口吻，每次回診必加一句：「別擔心，活著就有希望。」其滑稽態度簡直像類戲劇裡演的醫生。他控制著沒回話：我之所以忍耐持續配合治療，不是因為「活著就有希望」，只是病毒濃度控制愈低、發病時間愈晚，對我伯的危險愈小。老人家除了血壓高些，身體結實得讓人煩惱，我不是想帶病延年，是煩惱伯他無子捧斗送終。

跟伯在家空下來的時候，雖然沒什麼一定要說，但也不能老是什麼都不說，於是伯有時，就會忽然半空做聲。今天掛早上十一點的那對情侶，你有沒有印象。有啊，怎樣，他們來合婚喔。嗯，所以說合婚最麻煩，那個一看會有問題，可是兩個人下個月就請吃酒你要怎麼跟他講。你是怎麼看出來有問題，我覺得還好啊，很登對啊。登對歸登對，男生三十二歲到四十一歲不好，很不好，大限夫妻宮雙忌夾忌引動鈴昌陀武格——講了你也不懂，不講啦。你好好笑，講半天又說我不懂，不然你教我看啊，你又不教我。唉，人算不如天算，天算不如不算啦。

就都也不是尷尬、但也絕不自然地無話了。

倒是那之後，漸漸伯會揀些情勢簡單或特異的命造跟他說說，斗數子平，混著拉雜講，星曜格局四化神煞喜忌，他信耳聽久，聽出半成一成，忍不住跟伯要自己的出生時辰排盤細參，伯也說過，每個學祿命術者都得先從自己身上起步推敲徵驗，但伯不答就是不答。

「沒有時辰，以後你就不會想去問，防你將來上當。」

「上什麼當？」

「談男命先千後隆，談女命先隆後千。」

「什麼東西啊？」

伯嘿嘿笑兩聲：「江湖訣。隆就是捧你，說你好啊發啊。千就是嚇你，講這裡有破格、那裡有衝煞……還有，我講給你聽——言不可多，言多必敗；千不可極，千極必隆；小人宜以正直義氣隆他，萬無一失；君子當以誠謹儉讓臨之，百次皆——」他覺得伯搖頭晃腦顧左右而言他，有點惱怒：

「那你到底有沒有看過我的命。」

「我當然算過你的命。」

「我要講的不是這個意思——」

伯打斷，「我知道你不是這個意思。但是有差別嗎？」

「當然有差別，」他說，「當然有差別！你一輩子看那麼多命，你到現在還是每天看那麼多命，那麼多人上門叫你老師、問你那麼多問題，結果你連你兒子這輩子就這樣毀掉、你連你兒子這輩子一場空都看不出來——」最後幾句，聲音拉扯到說不下去，破裂了。他長久出力維持的平靜終於破裂了，他以為他真的很平靜。

「很晚了，睡覺吧。」

「所以你也是拿那個什麼隆什麼千在騙人，拿那個騙人騙了一輩子。你怕我將來上當，你說你怕我上當，如果有將來上當也可以上當有什麼不可以。你就是騙人才會害我變這樣子。」

「睡覺吧。」伯大聲地，不是怒不是急只是打斷他，「我很累了，你不累嗎？我要睡覺了。早起的鳥兒有蟲吃。」伯背過身上樓，順手把廳裡的燈光給撥滅。

他坐在那裡恍惚，一時覺得可以把世界坐成末日，但其實不行，末日都是自己的。牆上一面夜光鐘，數字與指針綠幽幽慢慢亮出來，那也只能自己亮著，照不見什麼。十一點四十七分。

他起身回去自己房間，他還是必須睡，他最晚最晚必須在午夜前入睡，他是不能熬夜的。

§

他們的每一天都是這樣開始的：伯起得早，他起得晚，但不會太晚，鬧鐘醒來，沖澡，在鏡子檢查自己，看起來沒事，量體溫，看起來沒事。今天看起來沒事。那時伯也差不多提早餐進家門。固定兩碗鹹粥、兩杯清清的溫豆漿。伯多加一份三明治，他多加一包藥。

他說：「我吃好了。」「好。」「我出門了。」「好。」「我幫你把茶泡好在桌上。」「好。等一下好像會下雨，你要帶傘。」「車上有傘。我走了。」

雨一直沒有下來。

「你想過報復嗎？你想報復誰嗎？你可以談談，沒有關係。」

醫院安排的心理師永遠在問他這件事，但是他一直沒有回答。那是一名四十出頭的矮婦人，男式頭髮，小型的黑臉，扁唇方腮。他坐在那裡看她，心中永遠在想另一件事：對不起，我可以睡一下嗎？我可以在這裡睡一下嗎？請妳繼續做妳的事或說妳的話，不用管我，我真的很想睡一下。

不是為了逃避，是真的進門就好睏，那溫度，那沙發，那空氣，都是與他完全無關的乾燥的一切，讓他好鬆弛。他想這該算是她的成功或不成功？「最近，我跟我父親吵了一架……」總是得找話說的，「不過，也不算吵架，我父親沒有說什麼，我自己其實也沒有說什麼，但是我很惱怒，然後他就自顧自去睡覺了。」

「你們吵架的原因是什麼？」

「沒什麼大不了的事，很小的事。」

「可以談談嗎？」

「就……也沒什麼，我只是忽然對我父親很生氣，我好像故意說了一些話……算不算傷害我也不知道……總之不是好話。」

「你應該為這些憤怒找一個出口，」她說，「諮商的目的就是要幫你消化那些無法處理的情緒，可是你有沒有發現，你說的很少，你應該試著說說看，你應該告訴我。」

「我不知道該告訴妳什麼。」

「例如，你心裡沒有任何報復的念頭嗎？你難道不恨那個捐血的人嗎？他有可能不是故意的，但也有可能是故意的，你不恨他嗎？」

他知道她真的很好奇，面對滅亡的人都知道旁觀者有多好奇，就像每個鬼都知道活人多麼愛看靈異節目。「其實，真的沒有。我是說真的。」他也一直想不通為什麼竟從沒想過要恨那個病血者。「如果妳非要問我恨誰，想要報復誰，我想大概是當兵時幾個同梯吧。」

「同梯？」

「嗯。」

入伍一陣子，被發現一臉好人家小孩童子雞相，幾個人再再情義慫恿，要帶他去「品茶」，一開始他真的以為是喝茶，直到其中一個說：「我老點的啦，可以不戴套喔。」恍然大悟。才說不太好吧不習慣這種事。「喝過就習慣了，沒喝過茶不要跟我說你是男人啦，還是你喜歡純情一點，不然介紹你很正的魚妹妹，超正的。」援交個體戶交易叫「吃魚」，他推辭了。

「我常常想到他們。」

「你跟那群人還有聯絡嗎？」

搖搖頭：「沒有。不過有聽說帶頭那個，現在開了一間家具行吧，在臺北，五股那裡，日子過得還不錯，賺了一點錢……後來也結婚，有小孩了。」

「如果現在碰到他們，你覺得你會有什麼反應？」

「……我想想……」他抬頭看她，笑起來：「我想把他們拿童軍繩結成一串，綁在卡車後面，拖到省道旁邊燒死。」

她點點頭，停頓一下，又點點頭。「很好啊，很好。今天你有很大的進步。」她抽出一張便條紙，寫幾個字，想一想，又寫幾個字，推到他面前。

「我覺得你應該可以讀讀這幾本書。我不會一開始就推薦給我的個案這些，但是，或許你現在讀了會有一些不同的感受。」

他看一眼，抽出夾在雙腿之間的右手，伸食指輕輕推回去：「我都讀過了。」

「你都讀過了？」

「一開始就讀過了。」

「那要不要談談看你的想法？有沒有帶給你什麼啟發？」

「啟發。妳覺得……」他忽然發現自己仍在笑，「妳為什麼覺得……一整個村子的人生病生到滅村這種事會給我啟發。妳剛剛說啟發嗎？」

「或許你還沒有準備好。」她把面前的紙條拈起，嚓嚓，撕成兩片、四片、八片，擲進垃圾桶。其中一屑太輕，飄在地上，她彎下腰拾了又扔，順手將那金屬簍子往牆角匡啷一聲推齊。「我知道這樣講可能很殘忍，但是你真的應該正面思考，你知道有多少人，你知道外面，世界上，有多少人，他們完全沒有資源，也沒有支持系統，他們被排拒在社會跟家庭之外，有些人還有非常緊迫的經濟壓力，可是找不到工作，你應該來參加我們的團體諮商──」

「妳相信算命嗎？」他問。

「算命？」

「對算命。」

「大概……一半一半。」

「妳知道，」他直身正座，「我父親是命理師，在地方上很有名，很多人來找他，請他幫小孩子取名字什麼的，還有那些要選舉的。可是他從來沒有跟我講過我的事情，從來沒有。妳說如果是妳，妳會不會覺得很好笑？妳說妳會不會這樣覺得。」

「我覺得，我覺得你今天很有進步。你應該正面思考。」她把桌上的紙檔案夾子闔起來，又點點頭：「對了，像現在這樣保持笑容也是很好的，你真的有進步。」

§

他們的每一天都是這樣開始的：伯起得早，他起得晚，但不會太晚，鬧鐘醒來，沖澡，仔細地刷牙，在鏡子檢查自己，看起來沒事，量體溫，看起來沒事。今天看起來，沒事。

伯提早餐進家門。固定兩碗鹹粥、兩杯清清的溫豆漿。伯多加一個飯糰，他多加一包藥。兩人邊吃邊看新聞。時間差不多，伯先下樓，他擦擦嘴，關電視清垃圾，隨後跟去。

伯看見他，指指電話：「以後聽到要挑剖腹時辰的，都不要接。以後不挑了。」

伯娘走前，他覺得只有別人會死；死了，是天堂鳥或地獄圖，也不必關心。後來他們給伯娘化冥財，燒紙紮，一落落金天銀地，紅男綠女，幾乎接近喜氣，又有一只小小仿真手袋，他拈起來，與伯娘日常愛用者纖毫無差，差點破涕為笑了，對一旁當時的女友與伯說：「我死了以後，你們一定要記得燒金紙給我，我好想知道這到底能不能真的收到。」

女友臉上變色：「你胡說八道什麼！你怎麼在你伯面前這樣子講話！你有毛病啊！」伯在煙那一頭回答：「要燒也是你給我燒，我也想知道到底能不能收到啊。」伯拿鐵叉把爐裡的厚灰撥鬆往裡推，「要不然你看這個小包包，跟你媽的真包包價錢沒有差多少啊！」

再後來他常揣測，一旦把他拿掉，伯的生活會是什麼樣子。早早起床，梳洗換衣，出門買一碗鹹粥、一杯溫豆漿，加一份蛋餅。當然，不可能這麼簡單，做人又不是做算術。據說人彌留之際，一生關鍵場景將在腦內閃過，這說法幾乎是所有沒死過的人都相信了，他有時想想，想不出自己有哪些瞬間值得再演一次。

他問：「為什麼？」

「不知道。」不知從哪兒伯抽出一疊粉紅紙，啪一聲落在書桌玻璃板上：「這些全是沒生到的，我幫產婦擇日都挑三個時辰，家裡人跟醫生自己去商量。好啦，大家看定啦，刀也排好啦，孩子偏偏就提早自然產出來了。你說提早一天兩天，三個小時五個小時，也就算了，提早二十分鐘，三十分鐘，沒有意思。」

伯嘿嘿笑：「最可笑的是什麼，最可笑的是，一個婦產科醫師娘，四十歲，人工終於做到一個小男孩，包一個十萬塊的紅包，千交代萬交代，要悍哦，這個小孩要夠悍哦，有好幾個堂兄弟姊妹，不悍不行哦。結果時辰不到，孩子就出來了，她老公親自幫她接生，夫妻倆硬憋憋兩個半小時，憋不住，剛剛好差一刻，十五分鐘。他們來問我這個八字怎麼樣。看都不用看。怎麼可能好。」

伯說：「天不給你，你硬要，祂就不但叫你拿不到，還要讓你受罪的。」

「嗯。」

伯說：「以為有錢出錢有力出力就可以。人生哪有這麼容易的事。」

「嗯。」他在電話旁的桌曆紙臺上信手寫下「不接剖腹擇口」。

趨吉避凶，知命造運，妻財子祿，窮通壽夭，人張開眼到處都是大事，可是他覺得，那些再艱難，也難不過人身前後五孔七竅。他記得幾次在伯娘病房裡外，跟伯兩人怎樣地計較她飲食，怎樣為了幾西西上下的排泄忽陰忽晴，覺得日子一切，不過都是伯娘屎尿。伯有一綠色本子，詳細記錄伯娘病後每天吃喝多少，拉撒如何；醫囑用藥等等，反而從不提起。

有時他懷疑伯是不是也這樣寫他。

伯娘走的那日，本子上寫了一百五十西西梨子汁，是他早上餵的。伯娘喝完了，精神一般般，不算太好，也不算壞，看了看電視新聞說想睡一下，她每天都是早上吃些果汁與粥，然後睡一下的。他坐在病床前啃另外一個梨子，吃完洗過手回來，才發現伯娘睡容十分奇怪。

迴光返照，常聽說的、人臨行前各種神異情狀，甚至幾句交代或者成讖的語言，伯娘都沒有。他以為七七四十九天，兩人總能夢過一次吧，也沒有。反而是那時，兩老都還沒見過的女友，在另個城市給他電話：「……我好像夢見你媽媽。」

女友說，伯娘著嫩黃色套裝，頸上短短繫一條粉彩草花方巾，站在傍晚鬧區的馬路邊上，夢中伯娘向女友抱怨，她的東西都沒有地方放，女孩低頭一看，果然許多隨身小物落在地上。

他跟伯說這件事，兩人趕緊拿了伯娘生前愛用什項，包括一只名牌手袋，請人照樣糊成紙紮，否則，沒有理由遠方女友會知道伯娘最後穿什麼的。他問伯娘夢裡看起來如何？女孩想了想：「胖胖的。」他聽了，眼淚一直流，伯娘病前，確實是豐肥的婦人，可是納棺前為她換衣服，身體吃不住布料，空落落的，伯說：「看起來很苦命。」他聽了，覺得頭昏，心裡想都到這個時候苦命好命有什麼差別呢，但還是去找來別針，想將裙腰縮起，看上去就有精神，葬儀社的人勸告：「不好呢。火化的時候，別針那個塑膠頭會熔掉，到時候一截尖尖的針留在師母骨灰裡，萬一跟著入甕，先人不安，對家運很不好喔。」

伯終究偷偷地把伯娘的衫裙都緊得十分稱身。伯一邊說，這說的沒有錯，千萬記得，到時候要統統挑掉，他一邊算總共用了幾根大頭針。後來卻真的，大家細細爬梳，仍沒找齊，不知是燒化了，還是落在爐裡，「對家運很不好喔。」有時他想，或許真有殘留一些，一直在那只堅玉罈底刺痛著伯娘吧。

為了那夢，女孩趕到他家幫忙。伯娘是孤女，伯是幾代單傳子，訃聞上只有孝子跟杖期夫，從前他考試，親屬關係表就背不起來，現在最多有鄰里，與幾個特別熟的老客人，場面再漂亮佈置滿堂再貴的大爪黃白菊與蝴蝶蘭，他仍然覺得是身後蕭條，她來了，感覺好很多，而人身後諸多眉角，她識規識矩，令他十分詫異。

那時他們交往不到一年，實在不久，許多事還來不及交換。一個晚上，伯已睡了，她洗澡從客房出來，敲敲他房門，兩人半累半精神，躺在床上說話，女孩慢慢告訴他，她父親從前在中菜館子做大廚，日子還可以，家族裡一個姑婆，找他合夥開港式茶樓，三層樓，宮燈彩簷金漆紅地毯，都是假的，但擔保與文件上她父親的名字，都是真的。那時她與妹妹都很小，她們偷聽父母深夜爭執語氣，聽見每到「還債」兩字就咬牙，以為是罵人的話，兩人吵起架來會大喊：「妳給我還債！」「妳才還債！」

「我爸回去給人請，當廚師，半夜再跑計程車，太累了，到死前都不知道身體發生什麼事，倒下來馬上沒心跳呼吸，死亡證明上寫多重器官衰竭，其實就是累死的。我媽繼續養小孩還錢，門牙壞了拔掉也裝不起假牙，最便宜要兩三萬塊呢，張開嘴黑黑的一個洞，」女孩說，「聽起來沒什麼，可是你不知道那樣子在都市裡生活，有多突兀多為難，所以後來她不愛笑，也不愛講話。她長期要吃安眠藥才能睡，有一天我們早上去上課，她到下午都沒去上班，警察跟她的同事通知我們回家，說她安眠藥吃過量了。」

「最困難的時候早就過去了，我自己大學快要畢業，我妹也剛上大一，債還有一些，不多，而且我們兩個人都在打工賺錢，實在沒有理由自殺；可是，她拿了那麼多年的安眠藥，怎麼可能忽然犯這種錯呢……我們都想不通。所以你說，我為什麼會懂這些，就是自己從頭到尾辦一次。不可能忘記的。」

「我沒有想到過，」他很驚訝，「我們都以為妳是那種，那種家庭美滿的女生。」

「你不覺得跟別人講這種事情很廉價嗎，把傷口裡的肉撥開來給全世界賺眼淚討摸摸，很廉價，而且沒有基本尊嚴，你聽，我這樣講給你聽，是不是跟電視或報紙上那些大家看一看嘆一嘆氣聊一聊的新聞沒有什麼差別？」她背身面牆，蜷身做睡眠姿勢：「大部分的人沒有經歷過這些，他們都用一種意淫的方式在感動，幹嘛給他們看戲，要不是你現在也跟我一樣了，我才不告訴你。」

跟她一樣了。所以他一直懷疑災難真的不是隨機的，而是像她的家族遺傳或像他的傳染性，一旦遇過一次就有後續成群結隊地來拜訪。他後來痛苦地要她趕緊去檢查，趕緊去，雖然他們為了避孕一直有保護措施……她馬上就對他尖叫，她尖叫說你搞什麼，所以你搞了這麼久失蹤嗎？你為什麼現在才跟我說，你搞什麼你，你不要過來，你很惡劣……他真心覺得她倒楣，所幸她沒有事，她說還好沒事，但是光為了等檢驗結果出來的那段時間我就應該殺了你。他說對，妳應該殺了我，我也很希望妳殺了我，可是妳知道嗎，我現在真的不能死。

§

他們的每一天都是這樣開始的。伯起得早，他起得晚，但不會太晚；鬧鐘醒來，沖澡，仔細地刷牙，在鏡子檢查自己，看起來沒事，量體溫，看起來沒事。今天看起來，沒事。

伯提早餐進家門。固定兩碗鹹粥、兩杯清清的溫豆漿。伯多加一份燒餅。

「你最近吃的好像比較少，你有變瘦嗎。」伯說。

「沒有啊，大概天氣太熱了。」

也是十分奇怪，他們沒有討論過應該怎麼生活，病情後事，絕口不談，可就如此順勢地安頓。親與子真是多少奧祕，彼此精神裡彷彿有密契的絲腳可以牽一髮動全身。伯做飯，伯賺錢，不動刀剪的他洗衣打掃，他特別喜歡清潔，多次把雙手雙腳浸在稀釋消毒水裡，皮膚紅灼裂痛，安慰地倒掉，換一桶，開始拖地。有一回他在自己房間浴缸裡加了洗衣漂白水，浸在裡面，又腥又利，黏膜都蝕傷了，醫生嚴重警告。

雞尾酒藥物微調過幾次，與身體接近言和，副作用不重，雖然人還是偏瘦，氣色衰微些，看上去也只是一個弱質的年輕人；若早上見他就著清水吞那把藥丸與營養補給品，還以為是吃維他命。醫生常告訴他，要當做得了慢性疾患，像洗腎或吃血壓藥心臟病藥，帶病延年：「高血壓心臟病腎衰竭，如果不好好控制，也都是很致命人會突然走掉的病啊，你知不知道一年有多少人腦血管破裂死掉，而且你看洗腎比你還痛苦還不自由。」他想你這算是在安慰我嗎。

他吃下藥。他的豆漿只喝了一半。

「你已經有好一陣子早上豆漿都沒有喝完。」

「真的嗎。」他說，「我沒有注意。」

「你是不是不喜歡喝豆漿，還是喝膩了。」伯說：「喝膩了對不對，喝膩了吧。」

「應該是喔，大概真的是喝膩了。」他說，「我們每天都喝豆漿。」

「那明天喝米漿嗎。」

「好啊。」

「你吃飯也變少了，是不是白水煮的吃太久吃膩。」

「有一點。」

許多次想與伯談，扒開來談到底。他畢竟報廢了，是把名字寄存在活人這裡的鬼，伯不能這樣當做無事，不能當做他每天早上真是在吃維他命。可是他該怎麼啟動話題，要說，伯，我有一些文件放在衣櫥左邊上面數下來第三個抽屜裡；還是說，伯，你也該想想，我萬一先走了你一個人行嗎；或者說，伯，我希望你找一個老伴，最起碼我們該養一隻狗，我不是一直說應該養隻狗嗎，車棚那麼大，養兩隻都可以。

「你伯娘走前講了一個食譜，教我怎麼炒麻油雞，我寫在那個綠本子裡，你把本子找出來給我，我們明天來吃麻油雞。」

「伯娘幹嘛教你麻油雞，她又不能吃那些。」

「她說你愛吃。外面味道不對，她有祕方的。」伯說，「她就是怕你以後吃不到。」

他喉嚨起伏，又點點頭。

「你出生的時間是早上十點三十七分。你伯娘總是說你真乖真好，你看，她前晚還睡了一個飽覺，起來早餐正要吃，八點就忽然說肚子好痛，我們趕快叫車到醫院。那天太陽好亮好熱鬧的，滿世界跟鍍金一樣，不到兩個小時你就生出來了，我問你伯娘痛不痛，她說，」伯笑起來，魚尾紋一拖深深到兩眼水底，「她說，當然痛，可是好像也沒有人家說的那麼痛，一下子那麼快生出來，真丟臉，像母雞下蛋一樣。我說那妳難道能憋著嗎，不能憋的。」

「告訴你了，」伯繼續說，「十點三十七分，你就去參吧，我看你每天在那個電腦網路上看那些教人家算命，沒有時辰你怎麼看。」

「子丑寅卯辰巳，」他彎一二三四五六手指，「巳時。」

「對，巳時，參不透再來問我。」

「你不是都不要跟我說這個。」

伯停了半晌，「說說也好。說說沒什麼。每天也沒什麼事，我來教你一點，將來……末流營生也還是一種技藝，哪天伯不在了，你在這地方也能活，不是說你沒用，只是伯知道……出去外面，你這樣很不容易……」

鄉間的時晴天，快雲爭逐過日，他看著光線在牆上掛的一幅字上忽明忽滅。「醉者乘車墜不傷全得於天也」。多年前，一個老書家寫來贈伯，他進進出出從小看到大，從不經心，只有病後一次，他坐在那裡，空鬆地無意識地望它，忽然想這到底在說什麼呢，起來google一下，才曉得原是一首古詞最後兩句（可是作者他忘了，要知道得再查一次），調寄卜算子。他想一想，七竅風涼，周身毛豎，這豈不是講開了他與伯一生的機關。

「好，」他說，把豆漿慢慢喝掉，他有點反胃，還是喝掉了，「我明天從醫院回來就講給我聽好嗎，明天下午四點才有一個客人。今天我們排得很滿，沒有時間了。」

「對啊，今天沒有時間了。」

§

明天當然也是一個每天同樣的開始：伯起得早，他起得晚，但不會太晚，鬧鐘醒來，沖澡，仔細地刷牙，在鏡子檢查自己，看起來沒事，量體溫，看起來沒事。今天看起來，沒事。

夏天早晨走進廳裡，茶几上兩碗鹹粥、兩杯稠稠的淡褐色的溫米漿。他隨手翻著桌上郵件。「我要去醫院了喔，中午就回來。」報紙。「實在不是很想去。」電話帳單。「每次都要找話說。」房屋廣告。「我想我停掉算了。」水費。「人家說命理師就是以前農業社會的心理醫生，你要教我，我可以自己來治自己。」伯說，「好啊。」

走出門那一刻，日光太好了，已經幾個禮拜沒有下雨，他想到伯說的鍍金的世界，眼睛有些畏澀；他忽然想到很多瑣碎的事，想到今天有些東西，或許可以談談。

也是有不曾想到的，例如他左腳踏出，不會想到幾小時後右腳踏回，就覺得奇怪，伯沒有在書房，上樓看見伯還坐在藤椅上，電視遙控在扶手上，伯的手蓋在遙控上，電視空頻道雜訊沙沙沙沙，沙沙沙沙沙沙。他說：「伯你在看什麼啊。」話一說出口他就知道了。沙沙沙沙，沙沙沙沙沙沙，他還以為伯在轉臺還是在準備放動物頻道全套DVD。伯愛看動物頻道，伯有一次說他看人看得好累，每天看這麼多人，他想看動物，他就去買給伯。伯很喜歡看。

沙沙沙沙沙沙，腦子裡都是這個聲音。他知道了。如果人彌留之際會見走馬燈，他想，如果真的會，那他將來一定再見這一幕。他曾經聽人恥笑死亡，看過連死亡一角都沒見過的人表現出瀟灑，他完全不知道那到底有什麼好笑，也不懂現在自己該如何瀟灑。他心裡有一個聲音說，說你現在在幹什麼，你每天吞那麼多藥、喝那些難喝得要死的草泥巴生機湯，不就是為了讓你能看伯入土、而不是伯得要給你蓋棺嗎。你應該坐下，不要出聲，想像伯已經或即將得到一個答案，你很清楚這是個好的收場。這聲音說的都沒錯，他知道。

有一次，電視談話性節目討論迷茫度日的年輕人，說他們混吃等死，他那時覺得這四字，之於他真是太貼切了，混，吃，等死。努力混日子，好好地盡量地吃，等伯死，殮成一甕，捧在懷裡，入蓮座，化金銀，伯終於要知道他到底收不收得到紙錢了。出生時伯已經失去他一次，還好最後不必再送走這個獨生子。他今天好歡喜成為一個無父無母的孩子。

他們的每一天都是這樣開始的，但伯的這一天已經結束了。無常往往最平常。他捏捏伯的頭，又捏捏伯的腳，他的伯，今年七十有一，會有各種原因，但是他不關心，那些是新聞紙上記事細節，他人的談資，說伯千算萬算算不到自己，誰會知道這是喜劇。他跪在那裡，不是為了要跪或該跪，而是因為腿沒有力氣。桌上的早餐被他掀翻在地，湯水溫熱未冷，癢癢浸泡雙腳。他心想命運對他一家，總算手下留情，他想叫一聲爸，可是一輩子，二三十年，沒有叫過，口齒不聽使喚。他輕輕抱住伯的膝蓋，伯的膝蓋輕輕偏過一旁，現在的他，終於不擔心眼淚沾到伯的身體。

（二〇一〇年林榮三文學獎・短篇小說組二獎〔首獎從缺〕）

貓病

貓病了？貓不是病了，她知道。她的貓，這個妹咪（她念作ㄇㄟ咪），一直很懂事，不找她麻煩，沒帶牠看過獸醫。當然在她每日生活的途中，也會注意住宅附近的診間，招牌燈箱上做出卡通圖案，落地玻璃門窗裡貼得乾淨鋪得亮，一對小男女，人行道上騎著摩托車掠過她身邊，停下才發現後座女孩懷了一塑膠提籃，兩人哎喲討厭啦你車鎖好沒嘻笑拉扯推開獸醫院的門。獸醫院，多個獸字，事情就輕了一半。她常提醒自己要記住附近那間動物診所的電話，以防萬一，回到家躺在床上電視按開又忘了。

但她的貓，這個妹咪，一直很懂事。牠不是病了，只是懂事了。幾個禮拜來，早晚看牠聳尾貼腹一詠三歎，牠即使叫春也不找她麻煩，不曾鬼哭神嚎，只是嗚嗚發出小小的恨聲，尾尖撓過臉側摩過耳背掃過之處幾乎都要滿地開花。她有點擔心，這分租公寓，房東經濟實惠，拿木板把屋子隔隔租給六個人，除此就是兩間公用浴室一面陽臺與一組炊具（連廚房亦不算），每個人都避不了每個人，也早就說過不准養動物，她有點擔心，妹咪這樣被發現是遲早的事。

總之必須帶去求醫的。「妹咪，妹咪。」壓低了聲音一叫，就乖乖地過來，不知多麼甜蜜、多麼讓人心碎地走近她身邊。

§

他一手抬起妹咪的下頦檢視眼睛一手順著牠尾巴，意思是沒事不怕，看看而已。妹咪伏身，姿勢和好，她忽然覺得牠有些妖。就一直看著他的一雙手。

「妳的——」從她手裡抽過剛剛填好的病歷表，「妳的ㄇㄟˊ咪——」

「ㄇㄟ咪。」

「——ㄇㄟ咪。幾歲知道嗎？」

還是就一直看著他的一雙手。橡膠手套邊緣露出的膚色偏白，讓人一看就想起醫生的膚色。「……我不知道，牠是撿到的。」

（啊，我跟你說，那天雨下得很大，很大很大，我就看到牠沿著車道的水泥牆邊慢慢走進來，渾身都溼透了，縮成一咪咪啊，水從毛上滴到眼睛裡，所以眼睛也張不開。因為上班時間我不能隨隨便便離開收費亭，隨時都有客人開下來停車或是拿好車要出去，所以我就用原子筆啊，敲那個收費亭的鋁門框，叫牠，我說咪咪過來咪咪過來，你在那邊會被車子壓到，牠懂耶，不騙你牠真的懂哦，牠就走過來了。）

他扳開貓顎手指伸入探探口齒，又把妹咪放上秤子。妹咪回頭看她，她也不知怎麼辦，伸手過去拍拍，恰好他把貓從秤上抱下，指端就輕輕擦過他薄膜了一層不老但也不是年輕的手背。輕輕地擦過。她自己上班也是戴白手套，每一天從小窗口接過一張張離開的證物。每一天每個人都在離開。布手套其實使工作不便，指間的零錢發票車卡常常掛一漏萬，但是她覺得很好，一雙手看起來多多少少像個好命人；戴口罩也很好，有時她從窗上倒影裡乍看自己，會有一些美的樣子。

「大概一歲半到兩歲，撿來之後有沒有看過醫生？以前有發生過同樣的情形？」

「都沒有啊。」

（牠就走過來了哦，坐在那裡一直看我，也沒有喵哦，那個鼻子下面那邊啊，一邊滴水一邊一掀一掀的，就是沒有喵。我就覺得這貓好像很乖的樣子，有車子開進來，牠居然懂得跳進來我的收費亭裡面躲車輪，人家不是說貓都很怕人，牠都不怕我，我想一想，就拿外套把牠包起來塞到背包裡，拉鍊露一個縫縫給牠呼吸，其實被同事被課長看到也沒有關係啦，他們問是會問啦，其實也不會怎麼樣，他們人都很好，比方說有一次——）

「……小姐，妳有在聽我說話嗎。」

「啊！啊。有、有啊……」

「我剛在講，現在的話，就是發情了，可以開藥給妳回去餵，」他一邊翻視妹咪短短的毛根，「但也只是緩解而已，一般來說不結紮，上了年紀之後很可能會子宮蓄膿。我會建議飼主及早絕育。」

「子宮蓄膿，那，那是怎樣？」

「一樣，開肚子挨一刀，只是更麻煩。還更危險。妳要讓牠生小貓？」

「小貓，生小貓喔，我沒有想過，不會吧。」

「那就結紮吧。母貓不生育，」終於被放開的妹咪，開始豎直長尾掃著他的腰，幾乎沒有小動物本能的恐懼，他好像覺得很有意思，拇指螺旋揉牠眉心好俏皮生著的一撮花毛，另外四指扣住牠後頸，妹咪漸漸軟倒。「母貓不生育，牠的子宮、卵巢，整個生殖系統就是多餘的。沒用。麻煩而已。」

「可以先吃幾天藥，讓我考慮一下嗎？」

「當然，妳也可以問問別的醫生意見。」

離開時街道已經逐漸休息。她一手抓著藥包，一手抱著裝了妹咪的提袋，在人行道上走了兩步，又回頭，恰好看見他診所招牌燈箱瞬暗的一刻。那上面繪了一隻辨不出貓狗鼠的卡通動物的大眼睛一眨後沒有了光亮。

§

然而妹咪的情愛之心很堅定了，她按照他的交代，「藥粉，混在半個罐頭裡，每天一次。」一如此給養三天，妹咪日日柔順食畢，只是不生效。渴欲而渴育的貓身在她們共居的三坪分租小室中顯得無所不在。她緊緊抱膝坐在單人床上背靠木板隔間，瞪視牠揉搓翻滾。想到他在妹咪身上反覆操作的一雙手。

他是中等個子，比例上腕骨顯得寬掌心顯得厚，不知橡膠手套裡面他手是什麼樣子，應該是讀書人的樣子。但或許有疤，應該一定有疤。小動物發蠻抓傷咬傷所留下。

由於角度居高臨下之故，她坐在停車場收費亭裡總是先看見車主伸出來的一雙手。指腹指甲，掌心手背，肌理筋脈血管。固然有手套隔絕溫溼度，但日日與人十指交接，久後她也學會了難以解釋的瞬間靈感，在駕駛從暗影的車內呈現面目之前，能夠從遞來的雙手間先覺某些端倪。一個無禮的男子將要出口傷人：「多少？一百二？幹妳娘！一個小時一百二！妳去搶比較快！幹妳娘！」或一個闊人：「不用找，不用給我發票，我趕時間。」當然大多數時間裡沒有這些戲劇化，她只是坐在那裡安靜地被廢氣經過。百貨公司想讓停車場全自動化的傳言一直都有，她也只是坐在那裡安靜地被傳言經過。

不知道橡膠手套裡面他的手是什麼樣子。如果看見了或許能更明白他一點。她非常想看見他的手。

跨下床去把妹咪抱上身，在牠身上複習他手的路線。下巴、眉心、頭頂、頸凹、背弓與尾梢，還有指爪。那時他把妹咪的四隻小掌翻起俯身仔細檢視：「乖，好乖，沒有伸爪子，真是乖乖貓。」當然她明白這是在哄妹咪說話，沒有稱讚主人家教很好的意思。她試著貼緊妹咪的短毛嗅聞，其實感官上完全不覺什麼異狀，但她知道妹咪身體有她從不能體會的天地誘惑的本質。他說：「母貓一旦發情，公貓幾公里內都聞得到，所以妳要考慮她會不會招來外面的公貓跑到妳家外面打架吵鬧？她也會一天到晚想往外跑，這些妳都要考慮。」

妹咪在她膝上翻了個身。她低下頭，將臉揉入他曾專注下力觸摸的妹咪的肚腹。妹咪不怕，妹咪好香。那貓像個歡樂的嬰兒四肢抓進她髮中，沙沙舐起母親的脖子。牠體腔內血液咕嚕嚕的慾力竄流聲響非常明顯。想起那日在他手底牠也是這樣媚聲隆隆，她猛然睜開眼睛，不能克制顫慄復顫慄。

§

年輕的時候，她其實也懷疑過自己是否會這樣子？一邊目睹自己生命中各種想像一盞一盞熄滅，一邊乾燥地慢慢結局。她只是不知道懷疑會成真，沒想到成真的部分比原先所懷疑更加下沉。

例如她曾認為自己會在未老前匆忙嫁某個人，這人不會富貴高尚，不會多麼鍾愛她，也不會多麼受她鍾愛，然而起碼是不需要向他人或向自己解釋的人生。青春流走留下的位置必須被填補，婚姻或者什麼，否則將永遠欠世界一張抱歉而疼痛的臉。她沒想到連這樣一場匆忙都沒有。

又例如說她曾經認為自己是個計算——不是算計——非常清楚的人。她做過車掌，做過許多年小貿易公司的總務，也做過許多年的會計，必須是計算非常清楚的人。而一個計算清楚謹小慎微的人難道不是最無虞的嗎？她沒想到世間一點小安樂通常不許保持。有一年存錢夠了，她在市區邊陲貸買一層三十五年二十幾坪的舊公寓，那也就是一個外於青春、美貌、教育、財富與婚姻的女人能完成的所有完成；然而買後父母馬上分別癌起來與痴呆起來，說是終究會癌會痴呆有什麼關係也可以，但一個老獨生女還能如何。又把房子賣了。後來父母當然也陸續死了。她就一直住在分租公寓，都是頂多住兩、三年的女大學生，她對她們的眼神像籠中獸望鳥，因此沒有人喜歡她。

再例如說，她曾經認為可以這樣殘而不廢地過下去，因為早就向命運遞上降表，不的，不會再以為自己有資格爭取稍好的人生了，連一點冒犯的動念都沒有了，只希望對方不要主動來踐踏；五十一歲終於停經的時候她也很知好歹地馴服於一無所有的五十一歲，畢竟不能說它全沒好處，一無所有即一無所失，起碼那些女生們不能老是栽贓她把浴廁滴答得亂七八糟。（但事實上誰也不知道她已經停經，因此還是繼續地栽贓她把浴廁滴答得亂七八糟。）

然而她沒想到會像把自己撿回家一樣撿來了妹咪。那天把妹咪塞進背包，牠髒濕溫暖地蜷在裡面睡起，睡到她下班後腦中昏沉沉手中沉昏昏抱牠轉兩趟車，在巷口便利商店買了乾飼料爬回房間才甘願醒過來。醒過來，也不抓咬驚怪，大主大意要跳枕頭上，她抓入浴室拿洗髮精加沙威隆消毒水搓洗，最後吹風機吹出又鬆又香滿地滾的一球小玩意。看清楚，是隻雪腹白尾花背脊的圓臉龐淡三花（也是日後聽他向別的飼主解釋才知道：「身上有白、黑、橘三種顏色的貓叫做三花貓，如果是白色、灰色跟淺橘色就叫淡三花。三花貓幾乎只會是母的。」）

她並不懂現在人養寵物的多情多慮，就按常識買來沙子跟便盆放角落供牠埋屎尿，一碗清水，給一碗貓糧；也沒有忽然慨歎溫柔起來，那樣地善感。當然，生活是完全不同了，她有時甚至可以覺得開心，與妹咪玩手玩紙屑玩線頭，電視音量調大蓋掉跟妹咪嘻笑說話之聲；每日打開房間，牠無不例外端坐門開一線處，抬頭極自制嚶一句。不只一次她看妹咪盯著天花板上的蚊子，考慮或許應該搬去稍大的地方，一點點就好，不用太多，最好有扇對外窗，妹咪可以趴在窗臺上招攬路過的鳥。

然而她沒想到妹咪初熟迸裂的青春將她引向了他。

§

對她而言，持續帶妹咪回去求診見他的那一個月，真是太複雜的一段時間，不知如何熄火的煎熬，不知如何引洩的嫉妒，如果投胎當一隻貓多好，為何人總是如此無望。

她再度把妹咪抱去時，「醫生，吃藥沒有用，可是我不想讓牠結紮。」

他點點頭，沒答腔。低下頭捧起妹咪的臉端詳眼睛，手上接下來當然是獸醫機械式的翻耳抓腳，但神情柔和，薄嘴唇輕輕彎著輕輕開合，「我記得，妳叫ㄇㄟ咪對不對？妹咪好乖，有沒有好一點？」

「不結紮當然也可以，」他轉過身對牆在文件櫃裡翻找病歷表，聲音隔背傳來：「但上次我應該有解釋，會有後遺症。藥物幫助也是有限。」

「可以啦，我，我看牠現在其實也還好，也不用吃藥了。」

他聳聳肩，「不吃藥當然最好。妳的貓現在其實很健康，以牠的年紀，沒生病的話一年健康檢查一次就可以。」

「一年喔。」

「五、六歲以後建議半年檢查一次。」

不到兩個禮拜，應該很健康的妹咪又被帶去看他。因為她太過踟躕，早出晚歸的路上經過他診所門口，明明是光明正大的——誰不會路過一條街呢？但她一眼都不敢瞥，真是焦慮得很。其實，就算大大方方張望，也沒有誰會說不妥，甚至根本沒有誰會注意。但她都不敢。女人老去了就變成男人，不，錯了，老去的女人也不會變成男人，根本不算是一個人。她沒有資格洋溢任何。

只好拿削水果的小刀在妹咪的左前腳肉墊上割開一口。

怕不夠深又怕妹咪逃，下手有一點力道，血啪啪幾滴在毛上落開；妹咪大驚嚇，呆去。她抱緊她捏住小爪直奔他診所，推開玻璃門門上掛鈴叮噹一聲，空調清涼，燈光剔透如琉璃。他在那裡。

「不知道踩到什麼，受傷了……」她心痛的表情並非全是作態，他沒說話，也沒正眼看人。「妹咪乖，叔叔幫妳看手，一下子就好了。」妹咪忽然抬眼向他，極哀傷極哀傷地大喵一聲，他臉一抽動，緊握妹咪足掌，移來器械消毒、上藥、輕之又輕地包紮。最後摘下手套擲進垃圾桶，在水槽邊仔細洗手，意思是一個病患結束，工讀的男孩就自然會過來收拾善後。

看得清楚，他的手確實有一些微疤，無傷大雅。乾淨接近蒼白，指甲寬而平坦，骨節剛強。她就一直看著他的一雙手。

「妳的貓非常乖，非常懂事，我沒有碰過這麼懂事的貓，」他轉過頭來長長地無表情地直視她，顯現一個四十出頭男性想要使用就會有的力量，「這個傷口不像貓自己造成的，妳應該好好照顧她。」

「我知道、我知道、我會注意，謝謝醫生，謝謝。」

畢竟傷得不深，不到一週妹咪即可行動如常，牠似乎自行決定這是單純的意外，一切待她不改，她睡時依舊要熱熱拱在她枕邊，她出神時則依舊要攀到膝頭上張望；這次她想到將喝盡的幾個玻璃瓶輾碎成渣，混在貓砂盆子裡給妹咪掏扒，原先只是試試而已，未料效果栩栩如生，完全不像誰的加害，「醫生，牠玩玻璃杯打破了，結果笨笨的踩上去。」

又過十天半個月，這次是妹咪右前腳的兩根爪子。「醫生，是我太不小心啦，」她先討好認罪，「我給牠剪趾甲，一不小心剪太深，把牠裡面的肉剪到了。」

他端起一看，何只太不小心！貓的趾甲像人，也分兩段，一段純然角質，修剪只能到此為止，此後都是十趾連心，妹咪趾甲整整齊齊斷去半截，就像把人的指甲蓋硬從中段掀去，如何會是這樣誤剪！他一抬頭看見她雙手握搓，眼中向他放光，自己事後想想，都說什麼不明白為何會一瞬暴怒起來，將手上一把清耳鉗往診療臺上一摜。

「妳到底是怎麼在照顧動物的！一個月腳就受傷三次！妳下次再讓貓受這種奇怪怪的傷就不要再來找我看了去找別的醫生處理！免得我看了就生氣！」

妹咪縮在角落睜眼看著她，候診室一個穿運動衫的中年男人牽著大狗，人狗都看著她，工讀的男孩助手看著她，總之屋內所有眼睛都看著她。只有他沒有，他正背著身子為妹咪準備藥水紗布等等。她知道他回過來時會是怎樣的視她如棄的眼神，她一輩子都在看的那種眼神。

她緊抓起妹咪疾走而去，下班時間，城市正要化成許多光線流入街道的時刻，路上一陣亂，幾秒後那工讀生也撒腳衝出：「小姐小姐小姐！醫生說要把貓咪的腳先治好——」追了兩步，「——算了。」他回頭返進診間，經過騎樓底下，順手往樑柱上的開關一按，招牌的燈箱亮起，那上面繪了一隻辨不出貓狗鼠的卡通動物大眼睛頓時從晦暗裡眨起了光亮。

§

週五夜晚，她今日沒有輪班，屋裡所有人都不在，只剩她站在後陽臺充作烹飪處的爐前點火燒水準備一個人吃飯。再端著鍋子回到房間時，恰好住隔壁的兩個女孩一同回來，「啊，陳阿姨，妳在喔。」「妳們回來啦。沒有出去玩啊。」「回來洗澡一下，等下就要出去了。」

妹咪自始至終都是那麼太奇怪地全心信她。自始至終。因此她也不得不全心相信妹咪定有一個為她的使命而來，否則怎麼會連捨身的時候都那麼柔順無怨沒有掙扎？她的手握妹咪喉嚨時連一抓都沒有被抓。

她一邊看電視，一邊安排湯匙裡酸菜薑絲與血塊的等比例。她母親在她小時候經常製作的。那時市場裡還有人現屠，家裡多出幾塊錢，她母親就去等豬血或鴨血下來，買得小小一包回家理過，傾入滾水煮成嫩豬血嫩鴨血。「一兩活血強過一斤死肉。」母親看著她吃下去。

年輕女孩之一洗完了澡，跑去敲另一個女孩的門，兩人在屋裡聲音壓得很低地抱怨：「一定是陳阿姨啦，剛剛那間水比較大比較好洗的廁所又被她的MC滴得到處都是……我剛剛洗澡都幫妳沖乾淨了……」「誰叫妳每次都愛搶那間又愛搶著要先洗……」

要是平常，她是不可能聽到這樣緊小聲音，然而此時她眼目明亮，心胸脹滿，感到不倦不息不死心的祕密噴發，正在醞釀。妹咪的柔若無骨，妹咪的嬌聲，妹咪的媚態，小母貓綿延數公里的荷爾蒙，她一口一口食後，感到下腹墜熱，低頭一摸，忽忽就是一手彩血。醫生，我都停經好幾年了，現在又流血，你可以看看我得了是什麼病嗎？醫生，你看得出來這是貓病還是人病嗎？醫生，你好喜歡妹咪對不對？那你一定也會喜歡我。妹咪，妹咪，下次我們一起再去看醫生。

（二〇〇七年聯合報文學獎．短篇小說大獎）

1023

1023不是一夕之間冒出來的，但也沒有人確定1023最早出現的詳細時間。有些人說差不多一個禮拜前他看過，有些人說不對他十幾天前就有注意到，有些人說吼唷什麼十幾天，真的要講起來他上個月送老婆去產檢的時候就在醫院外面的人行道上看到了啦。總之，這就像宇宙誕生了，轉盤式電話消失了，錄影帶小租店統統被百視達或亞藝影音吃掉了，跟這類的事一樣，大家都眼睜睜，大家都不知道，認真要提就眾說紛紜了，公說有理婆說也有理了。

等到網路上開始逐漸有人發問：「有沒有人發現最近好多地方被白色噴漆噴上1023四個字？」的時候，等到電視新聞開始上跑馬燈：「……臺北街頭大量出現謎樣數字，市府正在追查來源……」的時候，1023已經發作得滿地都是。某學校某機關捷運站的外牆上；廟宇山門上；人行道上；圍住空地的破綠鐵皮殼子上；路邊停車倒楣的引擎蓋上……走到哪都看到1023，碰到誰都在問1023，監視器百密一疏，清潔隊員疲於奔命，城市防不勝防，市民或愛或怕，1023有增無減。

陳有福不記得他第一次看到1023是在什麼地點什麼時候，他只記得很多天前，某個熱呼呼的一大早就看過1023。那時他「咦」了一聲，直覺它絕非塗鴉那般簡單，但到底是怎樣不簡單，他也不知道。後來1023紅了，陳有福認為自己還滿有先見之明，有一種伯樂的感覺。

所以當開始有乘客跟他談起1023時，他就滿懷高處不勝寒，荒野一匹狼的孤獨感，你們這些後知後覺的笨蛋。「ㄟ運將你看，那邊又有個1023！」除非心情比較好，比方說，像現在，載到吳嘉嘉這種皮膚細細，坐進誰車裡誰車裡就香噴噴的年輕小姐的時候，他才比較樂意分享他對1023的觀察。「老闆，」吳嘉嘉說，「你每天在外面跑一定知道很多八卦齁，你覺得這是怎麼回事？」

「這個我也講不上來是怎麼回事啦，不過我跟妳說哦，」陳有福在紅燈前停下，整顆頭轉過來正對著吳嘉嘉（可以好仔細看她的長脖子、圓膝蓋跟V領衫中間躲躲藏藏的嫩胸口），「很早之前大家都沒有發現的時候，我就在松山車站附近看到過哦，那搞不好是第一枚哦。」

「松山車站？」（媽的老色鬼。）

「對啊，南松市場外面那邊有沒有？那個麥帥一橋的柱子上。」（滿白的。）

「沒有聽說是誰噴的喔？」（真想挖你眼睛。）

「我看搞不好是幫派的暗號。」（領子太高了。）

「老闆綠燈囉。」（綠燈了還看，去死啦。）

§

這個1023，皮得很，瞬息萬變，一分鐘改八十二個主意，比電視臺的跑馬燈還愛轉。有人講是日期，有人講是樂透明牌，有人懷疑它跟聖經有關：「第十章二十三節？哪本福音書啊？」有人表列出西元一〇二三年時發生的中外事件供人摸索附會。還有，1023是人用雙手十指頭以二進位方式數數所能計出的最大值，不過，這個概念之於大部分人而言太無趣，完全無法流傳。

暫時最受相信的說法是：「某種行動藝術吧。」一個不具威脅的無傷大雅的揣測，市民討厭危險，市民討厭想像可能發生的危險。況且，這說法還「似乎為原本乏味的臺北都市街頭，平添了幾許波西米亞的浪漫神祕色彩。」連線播報鏡頭前，妝實在上得嫌重的美眉站在大安森林公園裡，手指露天音樂臺地面上斗大的1023甜笑如此燦爛。

整個亂局不只給各相關的公私單位找了不少麻煩，也給主跑生活線的女記者吳嘉嘉帶來很大困擾。主管交代：「每天都要有1023的最新消息！叫美編設計一個佈告欄放在版面上，追到這個事情解決為止！」吳嘉嘉回到辦公隔間裡，把MSN暱稱改成：「1023你到底想怎樣！」有人丟訊息給她：「ㄟ，這個新聞我每天看了很煩耶。」「沒辦法，以後你還會在我們報紙上每天看到一個side-box叫做『1023追追追』。」「媽呀。」吳嘉嘉關掉對話框。

1023沒要怎樣，只是孵蛋一樣默默進化。一段時間後，它長了條尾巴——全臺北的1023屁股後面陸續多出六個顏色新鮮的字元：「pm1200」，這條尾巴幫忙驗明了正身：它果然是一個日期。

情勢整個抬高了，不到一個月以後的十月二十三日，中午十二點整，臺北或這個島嶼或這個世界上，要發生一件沒有人知道的事情了。亂來，這怎麼得了，這誰的主意，這誰批准的，這太放肆了。1023真的很放肆，從這個人的舌尖跳到那個人的舌尖，沾著口水滿城繁殖，幾乎所有開放空間都看得見1023，每一個人打開每個家門，1023就在外面等待，以神祕的高調宣示著好運、惡兆、天啟、末日、撒旦、閻羅、彌賽亞或玉皇大帝。有些人出現壓力症候群，過度焦慮或過度興奮，精神科門診送往迎來，除了開藥只能建議「暫時降低出門頻率」——

「你他媽的我怎麼降低！我天天跑基層我怎麼降低！我操他媽的1023！」某議員突然在診間裡發作了將近十分鐘，被診間外的機警民眾以手機錄音下來並在網路上釋出，「我操他媽的1023！」成為熱門下載手機鈴聲，不時在咖啡店、辦公室、電影院與捷運中發作起來操他一下。天天吃了藥才能出門的議員始料未及，除了視覺上難以規避之外，他的聽覺還要不時受到自己的聲音突襲，提醒他好一個作法自斃。

吳嘉嘉當然沒漏掉1023突破性的長尾事件，事實上這獨家正是她跑出來的。主任承諾幫她報一支小功。「感謝那個老色鬼計程車司機啦，」她跟同事在茶水間閒聊，「我每天上班前下班後都特別繞到麥帥橋底下看一下，反正順路不看白不看，沒想到還真的給我逮到了，可惜沒有人贓具獲。」

「這人太精了，」對方說，「你看多少人在盯，連壹週刊的大砲狗仔隊都守不出東西，他現在一定得意到不行。」

得意到不行。吳嘉嘉腦裡的線路突然接到一張臉上：那是她曾約會過的一個廣告公司業務經理，一個她有生以來所認識最自戀、自認為超有想法但其實搞出來統統都是冷笑話的男人，這種無聊當有趣的事很像他風格，但她知道不是。第一個原因：他不可能弄到現在還沒被抓包；第二個原因：他不可能忍到這步田地還沒跳出來：「是的我就是你們說的1023……」

「嗯。」吳嘉嘉說。

§

吳嘉嘉約會過的那個自戀狂叫做林五強，他父母原本的意思是希望他德智體群美樣樣比人強，不過後來他在自我介紹的時候常會說：「就是五肢都很強的意思。」林五強確實人高馬大手長腳長，一般不會有人接下去問到第五肢的事情，他通常認為那些一時語塞的男性正試圖轉移這個讓他們蒙羞的心虛話題，而女性正試圖親身檢證這個讓她們害羞的心癢話題。

自從1023後面出現「pm1200」之後，林五強自豪的第六感告訴他這一定是個陰險大膽的創意行銷，一定是。但他生氣的癥結不在於陰險或大膽，而在於他打聽不出來到底是哪個賊貨幹的好事，他打聽不出來。還好，也有人在刺探他們與他們的客戶，表示他們這個team起碼還被當作個咖，林五強稍感安慰。

但當他凌晨兩點下班回到家，栽進沙發打開電視看重播第二輪的談話性節目或談性化節目，以及重播第兩百輪的新聞時，林五強又突然難以釋懷了。你們就是不敢揭發他們，你們全天下都敢得罪就是不敢得罪廣告主。林五強想，一定是這樣，雇十幾個晝伏夜出的工讀生見縫插針，炒足話題也打足無本廣告，到了十月二十三日前幾天釋出消息，當天再石破天驚發表產品……這個破壞市容的雜碎whatever公司！

他想到以前約會過幾次的一個專跑這類新聞的女記者，或許可以跟她刺探一下。糟，一時竟然忘了她的名字，吳什麼？真糟，都怪她那時候沒跟我上床，否則即使無疾而終也不至於連她的名字都想不起來——到底吳什麼？記憶像紙網撈金魚愈撈愈跑、愈抓愈掉，林五強幾乎想請螢幕裡的塔羅師幫他算一下。罩著雜花民俗風棉布只露出兩洞濁眼的女人，在林五強瞎燈黑火的客廳裡，冒著閃光幽幽對著觀眾：「十月二十三日呢，本身是天秤座與天蠍座的交界，而天蠍座對應在塔羅牌上是『魔法師』這張牌……」這張牌怎樣？林五強睡著了，沒聽到。第二天醒來後他也忘記要找那個吳什麼的女記者了，誰叫她沒跟他上過床。

當距離 1023 只剩下一個禮拜，當市民被消耗得逐漸麻木逐漸鬆弛，開始「時到時擔當，沒米再煮番薯湯」的時候，當連林五強都決定盡釋前嫌不再記恨的時候，那「pm1200」後面，又串出了「市府廣場」四個大字。

這下子不行了，炸開了，就算一直都對 1023 坐懷不亂無動於衷的人也難以自控了，天時地利，臺子架好就等上戲了。只有全國狂簽 01、10、02、23、32、20、12 等號碼，卻連隻鳥都沒中回家的彩客們終於大憾放棄。各級當局不斷呼籲勿傳播謠言製造恐慌，宣稱一切都在掌握中，但許多人仍認為將發生恐怖攻擊，掀起出城潮，市府員工預簽當日休假的將近一半。

§

有些人後悔他們沒有去現場，有些人後悔他們去了；有些人不斷歇斯底里地敘述，有些人則沉默如剪舌。但所有人都慶幸事情發生並結束得很快，快得目擊者來不及反應。大家仔細想想，好險啊，好險當時沒有讓人想一下的空檔，所以大家才沒有暴露出各種方向的殘忍或偽善，才能在事後完全符合ＳＯＰ地嘆一口氣，搖搖頭，各自分群取徑——感性發抒者有之：「原來，生命竟是如此脆弱，如此憂傷，像一場逝去的愛情，我們怎能不珍惜活著的一分一秒？」理性分析者有之：「大家應該從三個層面看待這件事，第一個是社會邊緣人的生存困境……」當然也不會忘記順帶好好罵一下媒體腦殘、警察廢物、當局無能、美帝侵略、中共打壓、日本竄改歷史、地球溫室效應等等。

吳嘉嘉就是去了現場並慶幸事情很快結束的其中一人。十月二十三日，中午十二點，市府廣場，天氣晴。轉播車跟看熱鬧的人群默契圍出一個圓，許多人抬頭看天，警察無所適從地盯著人車，他們是聽說有個瘋狂的男人要在今日向一個對他不屑一顧的女人公開求婚。

然後那人就腳步輕快地撥開人群，站到中間。

在麵館裡盯著電視的林五強，眼睛還來不及眨，便在一片閃光燈中看見那人掏出一把手槍輕輕塞進嘴巴（像含住一截冰棒）當著起碼數十萬人眼前把自己的頭顱轟爆，灑出紅白滿地，留下腦殼半邊。每個人都有成名的十五分鐘，這人只消費十五秒。

林五強把嘴裡的番茄排骨麵跟皮蛋豆腐吐在桌上，馬上想到：「幹這下子輸慘了，八客日本料理。」鏡頭震震顛顛搶上，麵館裡每個人都不想跟著逼近但每個人不知為何都眼不由己。

吳嘉嘉沒有走過去，在尖叫聲中她還是能聽見手機鈴聲響起：「我操他媽的1023！我操他媽的1023！我——」她接起，主管來電：「妳在現場嗎？妳現在人在現場嗎？媽的那是真的假的？真的假的？好像是真的？趕快去查清楚這個人跟1023的關係！晚上十點截稿！快！」吳嘉嘉感覺自己在太陽底下要往後栽，但她挺住了。

§

1023不曾一夕之間冒出來，倒是一夕之間退場了。為了降低整起事件對市民的心理衝擊，政府鐵腕出動國軍弟兄，花了整個下半日入城清洗、塗抹、打磨（不明就裡的觀光客很可能以為這個城市正在發生某種怪異的政變），弄出許多坑坑疤疤的補丁，有些確實了無痕跡，有些反而更顯眼，例如麥帥橋的水泥橋墩，上頭便給漆了一塊方正的灰。猛然一看，像張無表情的空曠的臉。

陳有福載著國小三年級的兒子放學回家。早上他車一個男客人到市府廣場，那客人給了他五百塊，跟他說不必找，還邀他留下來「逗鬧熱」，陳有福真沒想到，這個從頭到尾笑笑的和氣瘦子身上竟懷了一把槍。後來他覺得不想繼續跑，想回家，於是就繞到兒子學校門口呆等幾個小時，他以前從沒接過兒子放學，這個時段通常都在外面做下班時間的生意，所以父子兩人在車上都愣愣的，也沒有對話。

紅燈停下，陳有福本能地望向窗外，又突然使力撇過頭，越過手煞車抱住前座的孩子，大顆淚滴從男孩的制服後領滾落墜在他的背脊。

「兒子。」

「把拔？」

「沒事。」後排車輛的喇叭聲逐次響起，陳有福放開手，踩動油門，「不要跟你媽講。」

「喔。」

第二天天亮，陳有福會一如往常在做生意前到樓下吃一如往常的燒餅油條、蘿蔔糕跟大杯冰豆漿，並在早餐店裡讀完吳嘉嘉拚了命發出的整版報導（這為吳嘉嘉爭來本年度第二次小功），他將終於知道1023的來龍去脈、心情、動機、計劃與留下的謎……然後他會一如往常，發車上街，但是有些什麼，已經永遠改變，是什麼？陳有福說不上來，他在老路上轉轉，繼續鬱鬱寡歡，直到幾個禮拜後油價突地暴漲使他心中的煩惱除舊布新。而消失與塗改的1023，在城市傾滅之前，仍會每日在大街小巷陪伴著每位市民，它看上去有時像拙劣的街頭塗鴉藝術，有時則像從來不曾存在。

無物結同心

他們的夢越來越短了。

由於某種不詳濛昧的原因，有一天，他們的夢境在暮色四合時相逢。他們夢見他們有一棟藍瓦白牆的屋子。那屋子站在光影侵尋風聲獵獵，被夕陽燒灼的原野中間。

夢中他們年紀小，眉眼清俊身量未足。由於都還留著關於現實的記憶，因此這兩小無猜益發珍貴可愛。他們在夢中的溪流邊釣魚，並肩坐在亭亭如蓋的無名樹下。她將手帕結在髮上，他捉來亮晶晶的金龜子飼在窗前。

玩累的兩人每每並肩躺在草地上看星星，牽著手，不需交談靜靜睡去。醒轉之後，便回到了積滿灰塵的，真實的世界。

然後他們漸漸哀傷了起來。那壓迫在夢土之上的現實。

他常在夢中抬眼看雲，知道在雲的外面，自己是一個疲憊蕭索的中年男人，他早已分房而睡的妻成天吵嚷著他賺的錢不夠養家。一對叛逆期的兒女見了他像見了仇人。

如果可以他願意死，以交換這個永遠的夢。除了這個夢，他記不起來自己還有什麼澄淨快樂的時刻。握著她細小柔軟的，孩子的手，知道她心裡有同樣的憂慮，同樣的意志。

他們一直很有默契。兩人都知道對方並不只是自己夢中的幻象，而是在夢中奇妙綰合的，兩個真實的存在。但他們絕口不提身分，唯恐現實世界裡的隻字片語擊破夢的魔力。

夢越來越短。最後甚至連釣上一隻魚的時間都沒有。

§

那日他們都有預感這將是最後一夜。坐在滿天繁星下只能握潮彼此的雙手，額頭相抵，閉緊眼睛，抵抗天明時現實侵入身體。在意識剝離的一瞬，他們忍不住大聲告訴對方自己是誰、住在哪裡、職業是什麼。

夢的魔力終究被擊破。兩人醒來後，無論如何都記不起來對方的名字。

於是她站在浴室中對著鏡子流了好久的眼淚。她的早已分房而睡的丈夫，是個疲憊蕭索的中年男人，她每日為了拮据的家計焦頭爛額。一雙叛逆期的兒女見了自己像見到一個陌生人。

而後異床同夢的兩人在早餐桌上遇見。失去了夢而心緒惡劣的他們，因細故大吵一架，決定離婚。當天中午，他們站在戶政事務所的櫃檯前，心裡想著同樣的事：「恢復自由之身後，無論如何，我要找到那個夢中的人。」

（二〇〇四）

有信

早晨出門上班時，信箱裡有一封信。

他把公事包擱在腳邊想要拆封。三樓許家的年輕太太敞著衣領搖擺而下，他糊裡糊塗將信往褲袋裡一塞。少婦經過，微仰了一下似笑非笑的側臉，速度快得不像引逗，又慢得讓男人能看明白。發展很茂盛的鬈髮冒出了氣味。他不知道那是廉價燙髮水發酵三天的氣味，否則或許會很厭惡。但因為感到刺激：一封信，紅襯衫白胸部的女人，他默默對著她後腦杓點了點頭，完全忘記自己住在一個並不和鄰居打招呼的城市。

§

一手握傘一手提公事包，同時走路看路，勢必沒有辦法將信掏出來讀。除非上了公車坐定，但那也不行，週遭的人都會看到。無聊的人、好奇的人、多事的人。這個城市人太多了，到處都是人，到處都是眼睛，到處都是走漏的私情與祕密。

那封信在褲袋裡隨著步子發出擦擦聲，好像擦在他脖子上。感覺癢癢的。他突然想起辦公室流傳很久的一個故事。

事情是這樣的：暑假前一個月，學校裡公認最體面教數學的李老師結婚了，對象是與學校很有往來的參考書商，一個大他十歲的婦人。那麼，為什麼李老師會棄學校裡多少對他有情的女職員女老師，尤其是英文科的「女神」於不顧呢？據說乃因現在的李太太沒時間也毋須考慮矜持或臉皮問題，每天以昂貴禮物附上熱烈的情書宅即便到李老師辦公桌上。大家皆訝於這種過時的求愛，然而終究手到擒來。「女神」悒悒許久。

坐在他隔壁的吳老師有條譽滿杏林的長舌。她安慰「女神」：「塞翁失馬焉知非福。照這種品味看起來，妳如果跟他在一起說不定他會搞上妳老媽。」當著眾人，女神瞪眼沒有發作。他在旁邊想她的眼睛好亮。

當然女神不只敗在情書上。李太太在九〇年代初期股市大好的時候，殺進殺出兼營房地產，分得不少鈔票；在做趙太太、王太太跟張太太時也攢下很有數的私房。十年下來乘上教改英檢順風車，有一手參考書跟補習生意。李老師今天一看從精工錶換成蕭邦錶了。明天一看皮帶從 Giordano 換成 Gucci 了。後天、大後天……教務主任搖搖頭說乾綱不振啊這個風流寡婦。一旁未成家的幾個男老師嗯嗯啊啊點頭唯恐不及。某個今年才託人擠進這明星私立中學的體育老師，順帶聲明自己將來絕對不穿破鞋。主任便不再說話，眾人則摸摸鼻子各幹各的去。這體育老師從此墮入阿鼻地獄，誰叫主任的老婆嫁給主任時帶了三個新兒女。三人姓氏不同。

§

李老師宣佈婚訊後人緣及身價無量暴跌，但當然不妨礙他的仰慕之情。聖誕節教師節李老師收到最多卡片與花；課外活動爬山時李老師領頭走在最前面；李老師站在升旗的隊伍裡就是高出眾人一個頭或兩個頭；李老師在八年樂班上數學，笑聲經常把隔壁正在上他國文課的愛班學生驚醒。趁著暑假，眾人不防，他去剪了一個跟李老師相似，推到耳上勁爽的直短髮；又學著穿些米白、深藍、卡其色；毫無芥蒂以國文老師的身分不恥下問一如《幽默風趣一百招》或是《男性魅力大剖析》等書籍。可惜一百招的幽默風趣並不能使學生從雜誌裡抬起頭來。也可惜他並沒有發現自己其實是《男性魅力大剖析》第137頁，案例二所描寫的：「美華（22歲）：我的男朋友太平凡了！他就算將頭髮染成綠色、全身綁滿紫色汽球、踩著高蹺在馬路中央大喊大叫，也絕對沒有人會注意到……」只要有這樣一點自覺，說不定他現在也能交到一個「美華（22歲）」的女朋友。

§

站在公車站牌邊的他一陣自我感覺良好。應該是有效。

否則為什麼會有這樣一封信呢。

鄭重地將信從褲袋中抽出，收信人地址、郵遞區號、郵票、收信人姓名，在信封上很好地陳列著。它不是偽做親厚的垃圾郵件：商人將傳單裝在標準信封裡，手寫地址投遞到你家，沒有經驗的人打開信箱一陣驚喜，以為世上竟有誰煞有介事記住自己。這只西式信封，略厚乳白細紋紙料壓無色緹花。橫寫字體秀氣有致，只沒有寫地址。

會是誰呢？一陣推擠上了公車，他不忘將來不及拆閱的那封信從褲袋裡換藏進公事包中。公車太擠，隨身物品經常弄丟，但這封信不能丟。擠在一群乘客當中，抱緊公事包。他常想，跟這麼多莫名男女手摸臉、臉貼背、背靠胸地摩蹭在一起，真是很不知所云……為什麼三樓的許太太今天早上看了我一眼？

信封上的字太漂亮了。「許太太看起來教育水準不高。」他想。

那也不一定。那雙塗了指甲油的手如花莖托著十蕊小花苞。手型好，字也寫得好。

他聽過鄰居磕牙：「三樓那個許的，老芋仔一世人就為著娶某……娶到這棵，不是款喔，拴著查脯人微微啊笑，老芋仔擋袂牢啦……」這兩日天候暴熱，女人們倒垃圾時見到穿著無袖背心跟熱褲的許太太，齊齊圍住，熱切地探問她的家世背景，新婚生活。他想這就是所謂的狼虎之年吧，不過當然考卷上是不宜出這題的……

車過校門。他坐過站了。

§

他自覺這輩子是錯失過一些東西，或是說一些東西錯過他。大學聯考某科，電腦卡畫錯一格，分數陡降，上了興趣全無的師範。念大學，大家交女朋友，他也交了一個，那女孩子也沒什麼，除了被母親起了個瓊瑤小說中毒的名字「幽竹」之外，一無特出之處，彼此都是將就。當兵的同時這位「幽竹」出了社會，穿上高跟鞋，有從筍乾長成修竹的傾向。她高姿態跟他談分手，他盯著她塗著豆沙色唇膏撮動著的上唇，很驚訝地發現原來這個女生的暴牙這麼嚴重。

也不是濫情者口中「影響一生的戀愛」，他只是從此發現自己陷在無聊的事、無聊的人，與無聊的光陰裡，於是死心塌地專注消耗無聊的人生。直到「女神」出現，改變了他的動線。從此他每天從西側樓梯上樓，經過二樓西側的英文科辦公室，謹慎地往裡面看一眼女神的側臉。或是豎耳兔聽裡面的說話，然後越過整條長廊進入東側國文科辦公室。

「女神」的外號其實是學生取的，她聽了也並沒有扭捏的樣子。張愛玲說：「愛是熱，被愛是光。」顯然女神是那種自打娘胎落地到現在都相當習於受熱發光的典型。一百六十五公分，東方女孩子裡算高，像一尊生動的瓷神像，及肩長髮不曾染過，撩在耳後襯出滾圓乾淨的白耳珠，冬天也穿嫩黃或粉紅，經過人身邊帶起乾淨的肥皂香。

照理來說，一個女神總有敵人。但大家都清楚她是怎麼通過百分之一以下針眼大小的教師甄試錄取率。不必談戰場，分組時已根本不在同一個量級上，何苦枉做小人？更何況，整個學校裡尚無對象或是家有女兒的女同事都知道，「女神」有個剛從美國回來，預備繼承父業的哥哥。

§

然後又是李老師。

李老師體面。李老師談笑風生。李老師的體格像游泳教練……全校上下都相信這對男女會暗通款曲。兩造看彼此也的確別有會心。女性們不露痕跡的站好隊伍。

「未婚隊」迅速結盟：與其指望看不見摸不著的「哥哥」，拚死拚活做那個處處比不上小姑的嫂嫂，眼前這位會說會笑會單手伏地挺身的李老師毋寧是較為實際的選擇。太老的「場外隊」或是還很年輕的「新婚隊」明哲保身，與「女神」漸行漸遠，陰盛陽衰的學校裡有一鍋煮沸待涼的牛奶，表面起一層軟軟的脂衣，貿然一喝會把嘴燙爛。

那一陣子，每天早上他經過未婚隊大本營的英文科辦公室，總看見女神非常寂寞的側影，執筆沙沙改著考卷或作業，沒有人靠近她說一句話。接著，李老師就結婚了。

他覺得自己是目擊了世界奇觀。女人的世界像摩西經過紅海復合，女神以愛情的失敗為舟渡過惡水，日日有人找她吃早點閒聊，好像全忘了上個月她們還在辦公室裡分食不知誰帶來的一只蛋糕，就是不問女神要不要。

§

或許是心念所鍾天人感應；或許只是心理作用。後來，他覺得女神對他有點不同。她記得了他的名字。偶爾在校園裡碰見，她會微笑點頭，招呼一聲。

「上課啊？」

「是啊。」

「再見。」

「再見。」是不是精誠所至？他不敢這樣想，卻又無法控制偷偷地這樣想。

就算模仿李老師的任務並不成功，但誰知道呢？或許得其意便可忘其形，學期開始後，他發現自己與女神的課表有一班交集。學校傳統，每學期結束，各班要邀請各科老師在校園一角烤個肉，他總在計劃那天要穿什麼？要跟女神聊什麼？他們現在已經很有些可談，哪幾個上課老愛傳紙條，哪幾個話很多，哪幾個懂事。走廊上停步的對話漸漸增加，有時長達五分鐘，氣氛相當融洽。這也就是當他提著裝著那封信的公事包，步步踏上往英文科辦公室的樓梯時，心臟幾乎一停的原因。

會嗎？

光這樣偷猜，都要透不過氣來，手一直在流汗。他靠住牆壁，保持冷靜。女神的字就很漂亮，中英文都是，他看過她在黑板上留下的字跡。

他終究沒敢在學生上上下下的樓梯間撕開那信封。他光想到就羞了。

§

英文課辦公室前後門都關著，窗戶也嚴絲合縫。隱約能聽到爭執聲，講話聲，或是他聽著有點像是哭聲。學生們經過，竊竊私語，幾個頑皮的想靠近偷聽，被擋在門口的教務主任像趕狗一樣趕走了。

出事了。可是出了什麼事？他不想讓教務主任看見，渾身發汗掉頭就走，直著脖子衝進國文科辦公室。眾人全聚攏在中央聽吳老師說話像牧羊人聽神諭，他站在自己位置上，花了兩分鐘，明白了。

「你們說李老師壞不壞？魏卉卉的家業都在哥哥手裡，娶她哪有娶那個老妖怪實在，可是男人畢竟是男人，怎麼會不喜歡漂亮的。」

「好像李鈞南結婚沒多久，跟魏卉卉就……」有人問。

「所以我才說李鈞南壞嘛，哄得魏卉卉團團轉，這個魏卉卉也是傻到有剩。聽說暑假快結束的時候，李老師騙老妖怪說帶學生參加夏令營，其實是拿老妖怪的錢跟魏卉卉去旅行。回來之後兩個人還每天寫e-mail——」

有人突然笑了出來：「奇怪這些人怎麼這麼愛寫情書啊？你們記不記得那時候老妖怪也是天天送卡片給李鈞南，學生寫作文有他們一半精神就好了……」

「我還沒講完，」吳老師打斷，「這個李鈞南低能到什麼地步我說出來你們都不會信，大概捨不得刪掉魏卉卉的e-mail吧，老妖精用電腦作帳，發現了，一大早就跑去英文科辦公室抓魏卉卉的臉，還拿不知道誰桌上的校長去年教師節送的水晶紙鎮砸李鈞南的頭，沒砸中。」

「那現在怎樣了？」

「不曉得，校長跟幾個主任都在勸，我剛剛泡茶的時候瞄了一下，門窗關得跟鐵桶一樣，看來還在吵。」

眾人曖昧地齊嘆。有點像童年遇到他人小災難時毫不掩飾的興奮，比方圍觀隔壁班的同學癲癇發作或是擠在教室窗口看對街的房子失火。同時又懊惱這次不能身歷其境，雖然吳老師的轉播並不遜色多少。

他默默坐下，覺得自己的腦袋從來沒有這麼清楚過。從來沒有。現在他可以清楚地看到女神髮散衣亂坐在一角哭泣的樣子，合身的白襯衫掉了好幾個釦子。還有李老師陰下來的長方臉。還有李太太虬結著的紋過的粗眉，紋眉擋不住汗，到各科辦公室串門子時，溶化了厚粉的混濁體液老是滴在他們桌上。

他的桌子靠窗，早晨挾著陽光越過後腦穿透他手上的動作：右手持刀左手持信，沙的一聲肚腹被劃破，吐出赤裸裸的什麼來。

「你好嗎？我是范幽竹，還記得我吧？時間過得真是快，有沒有二十年不見了？我的女兒明年都要上小學一年級了。之前碰到以前你們班的蔡文煌，他說你現在還在厚聲中學教國文，給了我你的地址跟電話，本來想直接撥個電話給你，又怕太突兀了。其實是想請問你最近有沒有空？我和外子想請你吃飯，順便請教你厚聲附小抽籤入學的事情。

我大伯的兒子今年沒抽上，找了幾個立委關說，不知道是沒找對人還是起步太晚，全都沒用，只好去讀公立小學，但我女兒無論如何要送她進厚聲，希望你能給我們一些指點。這麼多年，我們都老了，誠心盼望你不再介意大家年輕時的不懂事，我跟外子很有誠意，我們的電話是……請和我們連絡……教師節快到了，先預祝你教師節快樂……」

他都忘記教師節又要來了。有人衝進辦公室大喊：「魏卉卉昏倒了！救護車開進操場了！李老師太太拉著不讓他們送魏卉卉上車！」眾人得到了管閒事的正當性，也不理第一堂課就要開始，紛紛推擠出去。他左脅下夾著課本跟待發的考卷，右手把那封沒讀完的信擲入門邊的資源回收箱，跟在大家身後，然後轉彎上樓。他用手掌擦了擦汗，再用手背左右抹過雙頰，他想進教室前還得在洗手臺上沖把臉，八年愛班的學生不但心都很細，而且最喜歡背地裡笑他，他不想讓他們發現自己紅了眼睛。

（二〇〇四）

三輪車，跑得快

「不要動！」

一切在我正考慮到底要帶麥當勞還是鹽酥雞回家消夜的那一刻發生。事情太快，但仍很容易發現這一聲不要動的低沉音色與眼前的小男生一點不協調，顯然是存心壓低的了。而當我看清楚他個頭瘦小、白皙清秀、嘴毛還沒發半根，不過是個國中生時——

算了，這些都好次要。沒有一個聰明的搶匪會跳到夜歸人的面前毫不隱蔽地將自己的臉迎向路燈，同時表示他要搶劫。也沒有一個老練的搶匪挑選被害人的時候會選擇男人。就算他堅持選擇男人好了，看看眼前這小朋友的身量年紀，他不應該找一個身高一八〇的壯年男人。

至此我第一個反應是受辱。難道我看起來像個孱頭，足以使這麼一個毛沒長齊的小鬼覺得他可以搶我嗎？第二個反應是他手上揮舞的美工刀看來相當銳利，我還是不該太過自信。來不及有第三種反應，這個（我們姑且稱他為搶匪好了）欺近一步：

「錢！把錢拿出來！」

我沒點破他的聲音在發抖，也沒掏褲袋裡的皮夾。我說：「小弟，你如果打算做票大的你就看走眼了。我現在全身上下現金只有兩三百塊，要的話全給你。亂揮美工刀怪嚇人的。」

「ㄍ……ㄍ……幹！你的包包，」他指著我的背包，持刀的右手浮浮往前戳：「背這種名牌包包身上會只有兩三百塊？你當我白痴啊？」

「喂，」我把包包打開，將顏色粗礪漫漶的內皮舉到燈下，「你看這像名牌嗎？這是士林夜市買的假貨！小弟！三百九一個，你要拿去好了。」

我乾脆把包包裡的東西都倒出來，傾鈴筐啷掉滿地，有喝剩的飲料紙盒。一串鑰匙。兩支原子筆。小筆記本。白色塑膠瓶蓋一只（至今無解為何當時會有瓶蓋滾出來）。7-11打火機一只。從同學那幹來的洋煙半包。還有兩三張發票及衛生紙。最後落出一瓶雜牌女用迷你香水，是我在路邊攤看到瓶子設計得不錯，打算買來灑廁所的。

「這裡的東西你要就全部拿走，」我半彎下腰，眼睛帶住他的刀，拈起香水盒，「這個比較值錢，拿去送女朋友或媽媽，都可以。」

現在想起來，我當時真他媽的神鬼附身了，否則怎能如此大智大勇？事實上，後來曉得這件事的朋友也無非讚我神來之筆，膽大如牛。貨是罵我鬼迷心竅，蠢如鹿豕。不管怎麼說，美工刀可以要命。但或者是我的態度太過詭異，我發現對方相當不安，可能覺得情況不能再拖下去。

這時他有兩個選擇。一個是一刀揮來，奪我皮夾。或是像他那樣把刀往旁邊的花圃一扔，撒腳就跑。

我跨開大步，三兩下拎住他的衣領：「敢跑！」

他扭過頭來，眼淚鼻涕爆噴如天女散花。身子也癱了，聲音也細了，半蹲半跪地軟在地上，嗚嗚咽咽一大串，我沒聽清楚，隱約只辨出：「錢……沒有……」最後一句倒是乾脆清楚的：

「拜託不要送我到警察局！」

把他拖回案發地點，我將美工刀緊緊抓在手上，滿地狼籍收拾好，叫他坐在花圃邊上。一下子功夫，這傢伙就哭得氣也喘不上來了，「哭個屁啊？剛剛不是很狠嗎？你把話說清楚要不然我絕對送你去派出所。我跟你講哦，這邊管區的好幾個是我國小同學哦，我可以叫他們把你送到綠島哦。」

他努力壓抑抽搐，好半天抬起頭：「……我好餓。」

§

他的確很餓。這在麥當勞證實了。點了兩份套餐，我除了纏夾半天，口乾舌燥，兩口灌下半杯冰紅茶之外，其餘都落入他看起來很小的胃裡。最後他喘出了可能是我這輩子聽過最長、最饜足、最騰雲駕霧的一口氣。我雙手抱胸靠住椅背：

「吃飽了沒？」

他低低點點頭。

「也哭飽了吧。」

又點點頭。順帶揉揉鼻子。

「幹什麼要搶人呢？」

「我沒錢吃飯，又冷得要命，我以為我要冷死或餓死了。」

「這樣就可以搶劫嗎？你以為搶劫那麼容易嗎？搶劫也要用腦筋！我問你，為什麼誰不好搶搶我呢？你沒看到我是男生，比你高這麼多，年紀又比你大嗎？啊？」

他露出很靦腆的表情，「因為你戴眼鏡。」

「戴眼鏡？」

「我躲在那裡真的很久，可是不知道為什麼可能是我選錯地方吧，一個晚上才走來幾個人而已。第一個是一個收空瓶子的歐巴桑。第二個是一個胖太太帶著兩個小孩，看起來很兇的樣子，我不敢。第三個就是你了，」

他偷眼看我似乎沒有將他解送綠島的意思，竟然笑了：「你戴眼鏡，看起來像讀書的，我爸說讀書的人家裡都有一點錢，而且比較怕事。而且我已經等了好久，再晚就只有鬼會經過了，所以我決定就是你，可是當我跳出來跑到你面前的時候，才發現你高我那麼多，那時後悔已經來不及了。」

「你家呢？這麼晚怎麼不回家？」

他搖搖頭，大概是不足為外人道的意思。這也沒什麼稀奇。現在的小鬼，老爸不給買電動就翹家了，老媽不給買手機又翹家了，以前我家教過一個住安和路的學生，翹家只是因為嫌菲傭煮的飯太難吃。

「美工刀哪來的？」

「便利商店買的。最後的一點錢了。」

「媽的，叫餓，叫餓，你有錢買美工刀不會拿去吃泡麵啊！」

「吃不飽啊。我已經很多天沒有吃到正常的飯了。而且泡麵吃完了就沒了，我本來想說，去搶的話，最少可以搶個一兩千塊，夠活一個禮拜。」

「你叫什麼名字？」

他閃爍遲疑地抓抓耳朵，小聲地說：「范正大。」

「他媽的，你哪裡正大了？媽的。我跟你說，你在這等我，我去打個電話，不許跑。我姓劉，叫我劉大哥。」

我到樓下打了通電話給正在派出所值班的老胖，把事情簡單跟他交代了。自然略去范正大對於讀書人那段評論。

老胖說：「你把小孩帶到派出所來，搞不好在失蹤人口通報上。」

「算了，今天我太累，耗一整天在圖書館，剛剛又被他這樣亂。」

「我操，那小孩怎麼辦？」

「我看他沒別的地方可以去，我打算讓他到我那睡一個晚上。」

「太危險了吧。」

「打這通電話就是知會你一聲，讓你心裡有個底。至於危險我看是還好。我跟你說，那小鬼還在樓上，我不多講，明天跟你聯絡。」

范正大沒跑，還算聽話。除了把我剩下的半杯冰紅茶喝光之外。

「那你今天晚上要睡哪？」

「這附近有一家頂樓樓梯間堆了很多紙箱，裡面還有一些保利龍，我這兩天都睡那。」

我背起背包。「你去把餐盤清掉。我先下樓，看你可憐，今天我收留你一晚，你最好不要給我起什麼壞心眼，我剛剛已經打電話給我朋友了，他說你這叫強盜罪（中華民國刑法有這麼一條吧？好像有，我也不清楚，只不過范正大很受驚動的樣子）。我讓你住一個晚上，明天你就給我回家好好讀書寫字，以後不許玩美工刀了。」

他點點頭，手卻沒動，光看著我，我說：「看什麼？還不動？不想到我家也隨便你。我無所謂。」

「沒有啦，劉大哥，我不想睡紙箱，但是、但是、但是……」

「但什麼是？」

「你，你不會是gay吧？像我以前看過一本小說，裡面的人全部都是gay，然後在公園裡找小男生帶回家……如果那樣的話我還是睡紙箱好了。」

「幹！」他之認真的。「你狗屁！媽的！說我是gay！你怕我是gay就不要跟來啊！回去睡你的保利龍紙箱啊！」

§

我突然想到《孽子》裡的確有幾段是類似這個樣子的。或者說，其實這有些像某幾本書裡某幾個情節的合成體。范正大是馬路天使，而我呢？好吧，我們可以歸納出幾條好心人與馬路天使相遇的定理。例如背棄、流浪、認同衝突與悲劇下場，或是恩師、陽光、人生轉捩點與改頭換面。

然而我同時發現，我們的日常生活被各種守則、公式、定理給化約得一絲不掛，而你我毫無所覺。科學上使用歸納法可能是劃時代的突破，但在人生裡歸納法往往使狀況看起來單純到可惡。同時可惡得讓你沒法真正解決。當然，我並未懷抱關於春風化雨，感化迷途少年，從此那誤入歧途的羔羊成為與他的恩人一般奮發向上的好青年、好國民，這種上個世紀七零年代的感人夢想。我不是這塊料，范正大也不是這塊料。

但我的意思也不是他無藥可救。這樣說好了，范正大這個小孩，讓人搞不清楚他到底是怎麼樣的。說是半調子也可以，但更近似於一種曖昧不徹底的動物。說不上來是刻意閃爍還是生性渾沌，有時透點笨相，甚至有種無法生存於現代社會、接近基因缺陷的無知，但又是很耐得住性子讀書的孩子，經常無意無識蹲在沙發上讀我的書本像一隻專注的蟲子。

總之，我拿他沒有什麼確實辦法。冬天很冷，實在不忍心只叫他住一晚上就離開，說不定他又回去睡保利龍。加上他一聽到我要送他到警察局去，馬上戲劇性地跪在地上哭，對他解釋我不是要把他送去綠島，一點也沒有用，只好讓他多住幾天。我沒什麼錢，這點范正大應該在進門時就看得相當清楚了，如果還要偷要搶想必不會再次找上我。

§

我淹沒在大量的紙張與參考書裡。進行到費希特的部分，卻怎麼也找不到教授給的一份資料。

范正大本來在外頭倒著讀小說半天不出聲，不知什麼時候摸進我房間，在我外圍東轉西轉，我沒睬他，以為他又出去了，抬起頭來才發現他窩在一旁專心致志讀著幾張破紙，那破爛程度馬上使我回想起老師當天從抽屜底端扯出它們時，面上那種「大丈夫當如是」的神氣。

「靠，」我一把從范正大手上抽回來，「老子就在找這個你知不知道？」

「喔。費希特是誰？」

「一個哲學家。」

「劉大哥你也是哲學家嗎？」

「我是剪貼家。」

「喔。」

「有事嗎？」

「劉大哥你知道嗎，其實那天我跑得開的。」

「哪一天？」

「我本來要搶你的那一天。」

「是嗎。」

「是啊。」

「那你為什麼沒跑？」

「你抓我的方法。你不是從我後領一拉，一捲，一回扯嗎？那是我媽揍我的前奏，標準的。每次只要我媽這樣一抓，我就腳軟開始哭了。」

「你媽揍你？」

「像揍小狗一樣啊。」

「你爸呢？你爸也揍你？」

「沒有，我爸揍我媽。」

「有沒搞錯。」

「就是這樣啊，我爸有外遇，他養了一個超級漂亮的大學女生在外面，我是說超級漂亮的。」

「超級漂亮？」

「真的，像模特兒一樣。」

「你媽知道嗎？」

「廢話，她當然知道，所以她才打我，要不然我爸根本看都不看這個家一眼。

我媽經常把我打得像爛西瓜。因為我是我們范家的獨生子，有一次，她一邊打一邊說——」范正大捏緊聲音：「「我讓你絕子絕孫！絕子絕孫！破麻賤貨爛婊子！我咒你們生性病爛成一堆！死在一塊！」」

「……」

「我爸很不爽她打我，後來也開始打我媽，很好玩哦，我媽今天打我有多重，我爸會跑來看看我的傷，然後加倍打回去，然後我媽再加倍打回來，有一次我的手腕被我媽凹到脫臼，我爸帶我到醫院去看完回來以後，就把她的牙齒打掉五顆，五顆耶，我還看到血跟牙齒從我媽嘴裡飛出去掉到電視機旁邊。」

「喂，真的假的。」

「這種事沒什麼真的假的吧，發生了就是發生了啊。牙齒掉了還有真的假的嗎？又不是假牙。」

「你爸媽做什麼的？」

「教書的。他們還同一個學校咧。」

我想起范正大他爸爸說：「讀書人都有一點錢而且很怕事」。

「你恨不恨你媽？」

「我不知道，我覺得我已經沒什麼感覺了，我只是太懶得再被打了，每次挨打都累得要命，又要哭，然後又要上藥，有時候還要去看醫生。所以我想乾脆跑走好了，這樣我媽不打我，我爸也不會打我媽。」

「說不定她們還是打，互相打架……」

「不會的，我媽打不過我爸，我爸很高很壯，我媽身材跟我差不多，連還手都沒機會。會打架早就打了，不會中間隔一個我隔這麼久，這就叫隔山打牛。」

「范正大，」我把書跟紙統統堆到床上，清出一塊可以正常談話的空間。「我實在不想這麼說，可是你爸你媽都不太正常！這樣不行的。」

「沒辦法啊，就生在這樣的家庭裡啊。」

「他們感情一直很差嗎？」

「我不知道。我媽以前脾氣就不好，不過也有很好的時候。我媽是教數學的，從來不會唱什麼兒歌搖籃曲還是講什麼故事。我小時候我媽唯一唱來哄我吃飯睡覺的一百零一條歌就是那個『三輪車』，有沒有？三輪車，跑得快，上面坐個老太太。」

「要五毛，給一塊，你說奇怪不奇怪。」

「對對對！」范正大很興奮地坐直了，「我最早的數學概念就是從這裡來的！每次我都問我媽，為什麼要五毛她要給一塊？五毛是多少？一塊又是多少？我媽就用十個手指教我十進位。我再大一點就知道，給一塊，還要找五毛回去。」

「說不定是老太太給車夫五毛小費呢？」

「也可能吧。不過我媽常常唱著唱著就跟我說，以後她老了，沒人靠的時候，我不能這麼不孝讓老太太自己坐車，我一定要開車帶她。有一次我說爸爸有車可以帶妳啊，她就超級凶的，說：『你爸那時候早就不知道死到哪裡去了！』嚇死人了。後來她再跟我說我一定要開車帶她的事情，我就拚命點頭，免得她想起我說過叫我爸開車帶她。」

「喂，范正大，那你以後怎麼辦？」

「我也不知道。」

事實上，我也不知道。我有點後悔自己過度好奇，將問題推到我措手不及的地方。然而我也有點懷疑，范正大是不是也在引導我捲進這個問題裡呢？可是，我只不過是個人生過於順遂無味的博士生，六個月沒有交女朋友，論文卡在費希特上面已經一兩個月了，我又能做什麼呢？

「算了，這個問題以後再說好了。我下禮拜要回家吃飯，我帶你一起去打牙祭。然後找幾個朋友幫你想想辦法。」

「為什麼要特地回你家吃飯？」

「因為我生日。不回家我媽會氣死。」

「你媽做的菜好吃嗎？」

我把書跟紙重新砌成一座城，「你會感激我的。」

「耶！」他跑回客廳了。我靜下心，準備動筆，范正大的聲音時斷時續傳來：

「三輪車，跑得快，上面坐個老太太。要五毛，給一塊，你說奇怪不奇怪？」

那歌聲沒有怨懟，亦無哀痛。但我無法聽，也無法叫他別唱了，只好站起身把書房門關起來。

§

我知道老胖是花了好大功夫，才把我的名字擋在整個事情之外。他提出嚴正警告：人命的事，你們讀書人離得越遠越好。

如果說我不為此感激他，想必顯得我是一個忘恩負義的人，可是，當老胖通知我趕到醫院去的時候，我已經看不到那孩子了。歸零了，出局了，電視關掉了，歌唱完了。

沒有了。

我說我要去看一眼，一定要。老胖卻揮揮手，拿肚子杵在電梯前：

「你去了又能怎麼樣呢？」

「不能怎麼樣。」我坐在急診室外的長凳上，很冷，不過是個晴朗的晚上。天上有星。老胖嚓一下點亮菸：

「你知道我怎麼會曉得他就是你收留的那個小孩？」

「我也在想，你怎麼知道找我來？」

「我問他有沒有家人，他給我你的電話跟名字。」

「是嗎……」

「晚一點他父母就會來了，我看你先回去。」

「他好好的，是怎麼搞的？范正大本來好好的你們是怎麼搞的弄成這樣？」

「他又搶人了。」

我抱住頭：「狗屁！范正大不會再搶人的，他哪裡會。我前天還說要帶他回我家吃飯，他好好的搶個屁人？」

「搶人就算了，偏偏碰上兩個夜遊的小流氓，西瓜刀一下子……」老胖搖搖頭。

「那你還在這跟我扯什麼屁還不去抓人？廢物啊你你幹什麼吃的啊！」

「我們抓到了。他們也承認了。」老胖把菸蒂一扔，硬把我拉起身，像拖死屍一樣拖了大半段路塞進巡邏車裡：「我送你回去。跟你說真的，人命的事，你離遠一點。」

「我離遠一點？」老胖來不及關車門，被我暴吼一聲扯住他的制服領子，「你他媽的有沒有人心！你知不知道那小孩很可憐？他媽的中華民國警察都像你這麼冷血嗎？」

老胖也火了，胖手掌一把格開我的手：

「我就是沒人心！操！好心你當做驢肝肺，你知不知道他為什麼要搶劫？他說他要買生日禮物送給一個對他很好的人！你知不知道他父母如果問起『那個很好的人』是誰，你會有多少麻煩？你知不知道我費了多少手腳才把你撇清？你他媽別濫情了！那小孩可憐，扯出你來你會比他更可憐！我操你個爛狗蛋！百無一用是書生！」

§

老胖跟我吵歸吵，各自都明白，誰也別怪誰，誰也不能怪誰。

當然我們都沒有向對方道歉。

范正大出殯那天，人來得不少，許多是他的同學，也有許多他的親戚、他父母的同事朋友。我遠遠混在人堆裡也沒誰問起。

只是我一直不能看清楚他父母的表情。范正大說他的父母是教書的，我以為是國中老師之類，怎麼也沒想到他們是大學教授。他爸爸大約是理工一路的吧，弄不清楚究竟是什麼，但因為長得很瀟灑，聽人說在學術圈子裡的確小有名氣。他媽媽嬌小，大多時間都整個人靠在丈夫懷裡哭個不停，他嚴肅地扶住妻子的肩。真的我離太遠了，只看到兩個人都一身很端正的黑衣。

我忍不住懷疑，他們會是范正大口中那樣的父母嗎？難道范正大只不過是個翹家逃學、撒謊成精、遇到好心人就白吃白住他幾天的狗胚子？我希望如此，因為這樣我就不必傷心，甚至可以幸災樂禍。

但我太清楚不是的。范正大不是那個樣子。如果是的話，那天我不會比他父母還早知道他的死訊。也不會在書堆裡發現夾住一張稿紙，上面寫了：「劉大哥生日快樂」。我不會在這裡看棺木吋吋入土。

你知道葬禮的儀式不過就是那樣。多半在中午十二點前結束，多半結束後就得吃午飯，這跟情不情義無關。我偶爾聽到幾個人低聲很悄細地，在討論待會要吃什麼。

人們三三兩兩地離開下山。我站在范正大墳前，碑上照片拍了可能有一陣子了，兒童模樣，不太像我認識的那個小孩。

「范正大啊，」我在心裡想著，「你爸爸說對了。讀書人都很怕事，你劉大哥也怕事，很丟臉吧。」

「可是你怎麼這麼蠢呢？不是告訴你搶劫也要動腦筋嗎？搶我就算了，你看到那些凶神惡煞難道一點警覺也沒有嗎？幹嘛去惹人家呢？」

我想起他老是那種楞兮兮的語氣：「我不知道嘛，我不知道嘛。」

「你不知道幹嘛去學人家呢？你明明就是個蠢蛋啊！范正大！你太可惡了！不是告訴你我媽燒的菜會讓你吃到要飛天嗎？不是說要回我家吃飯的嗎？幹！我真的覺得幹透了！你到底在那裡發什麼笨呢？」

風很大，吹得我立足不定，我的胃很不舒服。我捧著腹部蹲下身，還是不舒服，站起來又是一陣掏空的暈眩。幻覺或風聲，我覺得我聽到范正大的那天沒唱完的歌聲。

「三輪車，跑得快，上面坐個老太太……」

三輪車，跑得快。范正大你以後可以也跑快一點嗎？

我背轉身去，慢慢走向停車場。眼淚一落下，便被風往身後呼一下子吹走，飄進滿山昏黑的長草堆中，誰都看不見了。

（一九九九）

貞女如玉

她聽見背後後有個女孩問：「請問有沒有女師傅？」

女孩是城市裡處處可見的那種，細長而年輕。她總是不離本行聯想著城市數年來在畸零狹小建地上應運而生俗稱小豪宅之套房產品，挑高，緊致收納術，黑色水晶燈，繁複反射真空假間的璀璨鏡牆。店家說：「剛好都排出去了，要等耶。」周五夜間十一點半的一個小時在這樣一個女孩的人生裡很可能舉足輕重，難免延延地躊躇起來。她想回頭問女孩一句這又何必呢？這種體力業師傅九成以上是男的。但那又何必呢。

她是熟客，他們隨機指派一位師傅，沒有見過的86號，前來領她。上樓時她看著86號踩在階梯上嶙峋的後腳筋，櫃檯的婦人還在向女孩解釋：「小姐妳放心我們師傅都非常專業，完全不會有不恰當的碰觸……」

§

每隔兩周她固定在這所二十四小時營業的「養生會館」消費六十分鐘全身精油芳療。當然是身心健康老少咸宜，大廳透亮不夜，服務人員身著淺色唐衫制服端上熱茶，每房均以細竹與窗紗隔出三榻聲息相聞的南國密室。客滿，她被帶進最裡間，安排在最後一床，86號拉上屏簾，悄聲說：「請先換衣服。」她脫下襯衫背心西裝褲貼身衣物，全都汗濕了，堆在一角像夏夜喘息的巨大哺乳類，身體反而又涼又硬，練舉重時留下的肌肉如同她的青春時代埋在身體底部，只是在上面一層一層實心蛋糕抹奶油那樣堆疊了脂質。

她換上給客人準備的開襟軟衫與短褲，有烘乾機刷白的熱石板氣味，拉開屏簾，低迷光圈裡86號斜斜掩出的臉，是很時新清俊的少年長相，一雙狐狸眼睛，削肩與薄嘴唇，短頭髮直直往上抓，細長而年輕。

「小姐今天哪裡需要加強？」白浴巾騰一下張覆在她趴伏的背上。

「肩膀跟背。很瘦。」她忽然想起第一次來，那名雙眼昏花但手裡有勁的17號老師傅，問：「先生，待會想喝薰衣草茶還是薄荷茶？」

§

她粗短。脖子兩腿、十指頭髮、嘴唇鼻樑，命理上看倒是不錯的，幾次算命都批她「少小辛勤、愈老愈發」。可惜天底下又不是人人識相。同事間傳聞她是女同性戀，她聽說後有一種亂世存身的安全感，其實就是種慶幸，覺得較能抬頭做人。只要聽上去不是誰不要她而是她不要誰。

剛入行那幾年發生過多次年輕女房仲在空屋裡遭偽客劫財劫色之案件，此後眾人便有了盡量不讓女同事獨自帶看之默契。除她之外。也不是特別點名被排除了，只是從牆上取下鑰匙時沒人多問一句：「妳一個人可以嗎？」或許那些文瘦的男同事在她騎上機車離開後不免說笑什麼。反正她沒聽見。何況只在背後說已是男性團體善意退讓的極致，她都覺得應該感謝人家了。

當然世上沒什麼退讓是平白無故。這社區式小型房仲公司老闆是她父親的一個老兄弟，她直呼「伯」而不姓。體院畢業，抱著幾面小賽事裡的小獎牌茫然。「就去吧，」她媽說，「不然妳想幹嘛？妳還能幹嘛？」

確實一直是因為「實在不能幹嘛」才走了這或那條路。國中時所有學科教師都看不上她，只有體育老師兼舉重隊教練對她讚不絕口，那體育老師對人體有種執迷，所有體育老師都對人體執迷，有的是審美式的，有的是功能式的。他是功能式的。許多次誇她「可造之材」，他說：「跟鋼筋水泥蓋的一樣，地震都震不垮！魏亮亮這樣就不行，」魏亮亮是個細長晶瑩的少女，「颱風一吹就嘩啦啦倒了。」女孩魏亮亮無表情無喜惡看她一眼又把臉別開。他全無諧謔之意，但她從此恨那教練。雖然他是唯一毫不保留欣賞她的男性，而且說起來還有提攜之恩，如果她在奧運得牌他必定會被媒體圍著說上幾句：「……如玉喔，如玉這個孩子，從以前就是很肯苦練……」

她肯苦練，苦練不肯成全她，一路上去八方四面都是能人，很快被稀釋了，最後去賣房子。「她看起來忠厚老實。」一個富太太簽約時向眾人這樣誇她。幾個人在隔間後面吃吃笑，從沒聽過拿「忠厚老實」形容女人的。

§

「力道可以嗎？」86號說。

「可以。」

86號拿兩拇指把她後脖根一匝硬肉磨開。年輕的肢端飽滿溫熱，貼緊她的身體。聲音青青的，「小姐是第一次來嗎？」

「我常來。」她說，「你是新來的吧。沒見過你。」

「對啊，上個月才來上班。」

「你好像很年輕。你幾歲？」

「我喔，」雙手軔軔向上推——「二十三啦。」——按入耳背腮後底下那塊凹槽。她吐一口氣。知道拿對了，86號指腹旋轉加力頂出，她幾乎挨不住要喊。沒喊。

倒是隔壁那張榻上的男人嗯嗯悶叫了幾聲。

「瘦哦？」隔壁的師傅問。

「爽啦。」男人答。

§

大概是「伯」去對岸炒樓之後她成了「主任」，一個專業投資客轉到她手上，大戶，中年未婚馬臉男，一次辦完過戶對她說：「累死了，走，去按摩。」非葷非素一句她弄不清楚，難道是調笑，都驚慌起來。誰知道就是所謂的SPA而已。很大方的。她倒舒一口氣。一腳踏空。

其實馬臉男哪裡需要「鬆一下」。馬臉男有錢，更重要的是有房子。那是在一般人都還不知何謂「投資客」的時候，他就跟「伯」夾著市區精華地段幾個邊邊拐拐的老社區做起來了。「伯」有本事幫他找來極破舊低價鬼屋似的爛芭樂；他有本事死角做活，一間四十坪不到的房子隔出起碼五籠，裝潢亮晶晶，小浴室裡還有按摩式蓮蓬頭。「飯店式套房，一卡皮箱就能入住」，一籠若無九千一萬租金不辦。供不應求。馬臉男手裡幾套這樣的房子。

某次她接上一個過路客，百貨公司專櫃小姐，二十七、八歲，談不上主流的美，就是水果相，剛離枝剝了皮緊繃一層水膜的荔枝。帶她看馬臉男一處地方，十分中意，卻沒下文，還是某次他自己說溜嘴：近於免費讓荔枝住著一間，她看過，有扇對著行道樹的長窗，還簽了正經八百的約：月租一千，包水包電包網路第四臺，期滿照樣重立合約或者搬家。她好奇心起問下去，才知道馬臉男江湖混成了馬精：「小姐，妳有沒有男朋友？沒有哦？奇怪，這麼可愛怎麼會沒有男朋友？（馬臉男告訴她：不要講漂亮，講漂亮聽起來就很色，說可愛，好像稱讚小妹妹一樣，女生就很喜歡。）不然這樣啦，房租喔，房租我算妳一千就好（伸出一根食指），包水包電包網路第四臺，那我有時候晚上會來這裡看妳。」

馬臉男說：「怕？幹嘛要怕？我什麼都沒說，要就要不要拉倒。會來看我這種房子的都是上班族啦，良家婦女，不敢怎樣，頂多罵兩句走掉，走了就走了，反正誰也不認識誰。」馬臉男回味，愈說愈深：「信不信？之前有個大學剛畢業上臺北的小女生，我都沒想到還是在室的。讓她免錢住了兩年半，就是延吉街巷子裡那一間，妳知道那邊吧，後來那邊幾乎都交給她管。」

「那她現在呢？」

「結婚了，」他側手擋風，皺眉把菸頭吸亮：「包了八千塊紅包。」

§

練舉重時也按摩，但她不算個咖，通常就是跟也不算個咖的女同學在練習後互相按壓伸展。那都是不講身體的，講的是斜方肌三角肌，小圓肌大圓肌。馬臉男第一次帶她來，問都不問就幫她安排了一個17號。「這個是老師傅，很厲害。」她沒辦法抗辯，怎麼敢說自己不習慣讓男人全身上下碰身體？她幾乎可以想像在場所有人（包括馬臉男）肚子裡的同一句臺詞：「誰想騷擾妳。」但他們會騷擾魏亮亮，學校後巷子那個變態特別愛對魏亮亮脫褲子；或是公司的女同事，女同事在外面跑，被有恃無恐的大戶搓手捏大腿，她在邊上聽她們抱怨，有次其中的誰還哭了，因為對方直接把手掌穿進她窄裙下緊貼的雙腿隙間；於是伯就要她有時陪著她們出去，讓對方也還敢摸，但也別一路摸上去或摸下去。

17號，老師傅，專業，話很少，她穿襯衫背心西裝褲，以為她是男的。她出聲回答：「喝薄荷茶好了。」才發現稱呼錯了，老師傅是捏遍生張熟魏的人，知道再說什麼都多餘，沒搭話，下手很周到。一個小時讓她整個人固體瀰漫成氣體，昇華了。

她沒想過活了三十六年會被一個乾柴似的老頭這樣。特別可恥的是人家完全堂堂正正，一點不對也沒有，中間還隔了一層白色大浴巾。此後也只好一直光顧了。她不指名特定的誰，按得好不好當然有差，但對她而言沒差，其實就是付錢買各種不一樣的男人在她身上光明正大摸一個小時，這一點她盡量不去想。

也不那麼直白就指名男師傅，所以有時，很偶爾也會碰上女子，大家便都靜靜的。然後她會睡一個不著邊際、鬆軟的短覺，醒來之後嘴唇乾乾的，舌根很苦。

86號鼓起指節，又輕又著力地揉搓她的腳心。

§

做這一行，也並非走不出去，放眼看去哪個不是領帶套裝空調電腦辦公桌，但不知怎麼總是欠體面。馬臉男一場推心置腹後她更覺得「仲介」兩字有皮條氣。廣告當然都溫馨，不是買賣是為你找一個家，其實無非哄左拉右，上下其手，西曬是採光一流，窄巷是鬧中取靜，違法加蓋外推防火巷是使用空間大，對客戶要既熱情又勢利。許多人以為業務做在話術上，光會滿嘴跑舌頭，錯了，像她處處欠一點，也不是不會講話，也不是天花亂墜，反而不知怎麼有種實木似的可信成色，可信就值錢了。

只有她家裡的人不信。那時她說要搬出去。

「妳要搬出去？搬去哪？」這是她爸。

「我買了房子。」

「妳買了房子？妳哪來的錢買房子？」這還是她爸。

「對啊，妳哪來的錢買房子？」這是她離婚的大哥。

她一下子不知道從何解釋自己哪來的錢買房子，一個人，在房屋公司幹了近十年，升了小主管，然後買了自己的房子，很奇怪嗎？男人們討論一陣子景氣、房價、市場、貸款、頭期款，結論是：「怎麼可能。」

她爸轉過頭：「妳不要騙人哦，妳真的買了房子？不會是交男朋——」

「怎麼可能。」這是她媽。對丈夫聞一知十，總結了她爸吞吞吐吐的下半截話。「人家大小姐翅膀硬了啦，說走就走，了然哦。」

她很平淡。「搬好之後你們可以來看看。」

多年前，還沒滿十六歲吧，她曾與她媽起一場口角，當時她父兄都不在場。不過是灰塵一樣的細故。最後她媽講：「不滿意妳可以搬出去啊，不要住在我的家裡。妳有種搬出去啊。」

她反覆地說：「好啊搬就搬，搬就搬啊。」

「不要光說不練哦，妳以為搬出去那麼容易哦？妳有本事嗎？」

「我——」這樣說，她自己也嚇一跳。「說不定會有老男人包養我。妳怎麼知道。」

她媽蹺起腿，那雙腿跟她的很像，疊起來，膝蓋內側推出一窩肉。「妳以為咧！妳長這樣，哪個男人會包養妳？笑死人了。」

無論如何她母親也都不是美人，但是無論如何結婚了，養著兩個也不是自願就被生下來的孩子，有資格對她說「不要住在我的家裡」；她要離開，也有資格對她說「說走就走，了然哦」。她一敗塗地。日後，很多年後，她才隱約懂，那說起來惡意刻畫與傷害的成分當然也有，但主要也不是那些，而是女人與女人的勢利，女人與女人的勢利六親不認。她父母，小市民，兩個人同在一所國中裡辦了一輩子庶務，除了兒女一生中沒有機會優越誰。她不聲不響買房子這樣物質的小勝利非常不孝。

結論是「還是她聰明」。「像我們這樣傻傻結婚生子養兒育女就是笨。有什麼用，生孩子最沒用。」她母親說。她不講話。她父親沒講話。她大哥嘖一聲，抓起遙控器轉到八點檔鄉土劇，一陣喧嘩，電視裡的情婦上去就搧妻子一耳光。

§

86號挪來小凳坐在她趴伏的頭面前，印堂眉骨額角，照路按捺上去，太陽頂心枕骨。有一小暈一小暈呼氣如小雲落在她後腦與頸項的界線，她的短髮有韻律地往他衫子前襟上刺著，衫子帶樟樹與香茅油的味道。他十分安靜，一直沒有什麼言語，但十根手指每一使力都像對她的腦袋送出一句好話，非常有說服力。她無法判斷是不是太近了。靠太近了。沒有關係。

§

搬入新家之初，事事不齊，而馬臉男手上恰有一套出租公寓需要便宜設置，他提議順道載她一起去市區的IKEA。她坐在那車子前座，很一般的，也經常這樣同去看物件找代書或者簽約，但今天她忽然不知該講什麼，這樣子算公還是私呢，她覺得他看起來異樣，又說不上來。

後來才發現原來是他剪了頭髮。當時她們站在一間樣品臥室裡，真的水紫棉質床罩、真的木色抽屜櫃、真的讀書椅、真的投射燈與真的床頭几，每一樣真加起來都是假的，可是，所有假加起來卻又那麼真。她從一道窄窄鏡面看見自己與馬臉男，他正隨手拿起一只莫名奇妙的金屬大碗，兩人的反射框在鏡子裡，像一幀家常攝影，她想多看一眼，然而他已經轉身去了，她站在那兒只看見別人在她的畫面裡走進走出。

賣場動線曲折，她流連太慢，馬臉男不耐煩，要她在收銀臺跟他會合。最後她的推車裡裝滿零碎的蠟燭，乾燥花，碗盤，餐墊。包括那個莫名奇妙的金屬大碗，還定了一組沙發。原先不過只想看看而已，也不知道為什麼弄假成真。

馬臉男拎幾張海報與盆栽，站在出口輕輕巧巧吃一根霜淇淋。「買了多少錢？」「快兩萬吧。」「哇，妳一個人住需要那麼多東西啊，那發票借我一下。」「幹嘛？」「滿額才能免費停車啊，我這一點不夠。」把發票從她手中抽走。他是也要賺人情，也要賺那兩百塊錢的。

車在她家樓邊停下，兩大袋她自己一手一邊提上去，男子已經調頭往另一邊開走。她其實一直想問他今天怎麼剪了頭髮，最後沒有問，因為他一路不斷捏著手機，邊講邊嘻嘻笑，叫對方等他，他在路上就要到了。

最後她自己在屋外呆立一陣，然後伸手按門鈴。她保持十分警醒，沒有幻想這樣就會冒出個人走來應門一邊接過她手中的什物，就只是一遍一遍按門鈴。

最後她把東西扔在門口決定去按摩。

§

「嗶嗶嗶嗶。嗶嗶嗶嗶。嗶嗶——」86號把計時器按掉，他們還有五分鐘。

「來，我們伸展一下。」他將她軟軟扶起身，自己跪坐上榻，兩臂從後穿過她脅下，雙掌反扣肩骨，跪住的膝頭恰好抵住她腰臀之際一處凹陷，「放鬆、放鬆。」他提醒，「往後靠沒關係，妳不要緊張，放鬆。」

她後脊與他薄骨骨的前胸密貼著，身體往後扯成一張反弓，並不怎麼痛，只是讓她無可控制小聲地斷續喘著。「對啊，要叫才能把整個氣順出去，不要憋。以前都沒有拉過嗎？」她噴出一口氣，搖搖頭，背後的聲音濕答答地貼人耳殼：「像普通我們最難拉開的地方，一個就是這個下背，一個就是大腿內側那條筋。等一下要不要也拉一下大腿？我看妳下半身肌肉也很緊繃。」

她想他可能會將手探入她的腿間。她想當然他一定會，當然一定是很謹慎專業的。

她忽然使力掙開身體：「拉什麼大腿，你想吃我豆腐啊拉什麼大腿。」

整間房裡躺著站著的人都安靜地吃了一驚，不是因為她貿然發難，而是她幾乎發光的口吻與說話內容太扞格，口條順遂，好像打過草稿：「女人大腿隨便摸的嗎，你有沒有搞錯，你想幹嘛，拉什麼大腿，我要告你性騷擾，你知不知道，嗄，你知不知道，性騷擾，我是規規矩矩的女人，是守身如玉，有沒有搞錯，我爸媽給我取名字是有意義的，你懂不懂，什麼大腿，我要告你性騷擾。」

「小姐妳冷靜一點，小姐，」穿套裝的女經理趕來了，緊緊執住她手，「小姐，妳誤會了，師傅沒有那個意思——」「什麼叫沒有那個意思，這裡以前沒有人在拉什麼大腿——」「小姐真的，師傅是新來的，沒有那個意思，小姐妳不要生氣，師傅也是女生，妳誤會了，她外型比較中性，妳誤會了……」

他們請她到辦公室坐著，送上茶，鄭重跟她道歉，甚至讓86號拿出身分證，照片上的86號十七八歲，留著亮澤的學生頭，非常秀麗。

女經理親自送她到門口，「小姐，真的不好意思，讓妳誤會。」又說要幫她叫車，她說不必了。櫃臺的婦人奇怪地看她們一眼。一小時前那女孩還在，等在沙發上疊著長腿百無聊賴地翻八卦雜誌，高跟魚口鞋尖恰露出兩枚圓圓亮亮的輕金色趾甲。她想，絕對是個小賤人，破麻，臭婊子，擺什麼樣子，裝什麼貞節烈女，一定是被男人幹過的爛貨，還挑女師傅，妳以為女師傅就沒問題，照樣毛手毛腳，我是懶得跟這些人計較。她一路在心裡罵回家，上樓，忽然想起扔在門口那兩袋東西，當然已經沒有了。她想一定是屋裡有人了。她想一定是屋裡的人幫她收進去了。她伸手按門鈴，拍門。她再按門鈴，再拍門。她說快點開門，是我，我回來了，我尿好急，快點開門。

（二〇一〇）

第三者

到紐約的第七個月，他實在太寂寞了。

太寂寞了。寂寞到他能聽見全世界的聲音：地鐵裡體貌豐滿的兩個女侍詬誶著房東與她們的男人；買咖啡時排在他後面的丈夫保證自己會在八點以前回家晚餐……他日日無表情地張起耳殼，與百般繁絃急管的訊息錯身而過，自知與它們一些關係也沒有。

太寂寞了。寂寞到她決定搬進他家時，他沒有說不。其實他沒有忘記自己離開家國之島時是如何抱著另一個她說，請好好等我；其實他沒有忘記自己來到此間只為兩年海外派任，當下的肉身僅是鏡中花水中月，元神尚在海的另一端。

他只是無法對她說不。而她只是眼瞳如鑽，髮膚如緞。

她無論如何都在家裡等他，他再不需懼怕打開門後那門裡什麼也沒有。後來冬天到了，在雪裹覆了燈光與車聲的夜晚，他們一起晚餐。在同一張床上，她有時態度翻覆，忽輕忽重或不顧輕重地咬他，不清楚是愛是怨；有時又伏在他懷裡安眠，如歡喜的幼獸，兩個身體都好溫暖。春天第一個放晴日，他帶她去中央公園看一棵樹，告訴她那樹讓他想起家鄉。

後來兩年就這樣過了，但他無法對她說再見。不僅因為她在這個燈火通明的城市裡再也沒有別人，也因為此時他已覺得捨棄她比捨棄自己更可哀。他為她買機票、辦手續、送文件，他要帶她回家。

§

他真不願再回想她們相見時的混亂。那好好等著的她確實好好等了，卻等來一個分享者——或掠奪者。那占斷他寶愛兩年的驕縱份子到了溼熱陌生的南島，發現自己不是第一更不是唯一。她們日日吵嘴打架，將對方的眼角抓破，等他回家後輪番告狀。他不是不煩，但他真的不想再寂寞了。

然而像許多幼稚的故事一樣，他們也有個戲劇化的皆大歡喜的結尾。有一天他下班開門，見她們就這樣無預兆地在沙發上相依甜睡，像紐約常常無預兆的大雪。他伸手輕觸她們的頰腮，她們醒了，各自的大圓眼睛裡都沒有他的影像。

她們自此協議了他才是第三者。他每每愛躡腳探看，但不論她們正在玩耍嬉鬧或只是在對坐發呆，都能及時發現他的窺視並停止一切動作。晚上他睡在床上，而她們在另一個房間裡時，他就一定要想到以心疾過身的妻，曾經一次一次半真半假地與他的貓爭寵，他從來也沒有當真過。

他摸黑起身到書房，看見她們抱著睡在妻的駝色絨布貴妃榻上，尾巴蜷在彼此身畔。

原來當年妻確實是嫉妒的。他想。

兩貓被人影驚醒，互望一眼，噠噠兩聲八隻小掌落地，一起跑開了。他一個人站在房間中央，在暗地裡呼吸自己的呼吸。

他猜這兩隻貓此後的夢裡大約再也沒有他了。

他亦總夢不見妻，妻的夢裡大約也沒有他了。

（二〇〇四）

〔後記〕在潮間帶

大學最後兩年剛出社會的時候，我糊糊塗塗地開始寫小說，糊糊塗塗地做著些一般人覺得「很文藝」的工作；三十歲之後，又糊糊塗塗一下子扭頭去了完全無關、與過去的我說不定會互相訕笑的方向。這兩年，工作人生，像重新投過胎，已經和寫作沒有什麼關係了。可是，有時仍覺得自己是寄居蟹，一會兒上岸，一會兒下水，而大部分時候在——不，不是在海邊的房間裡。比較像在潮間帶上發呆，浪拍過來打過去，我也不管；偶有矍然而起時刻，很快又滾落去，鼻子都被水蓋滿了。

談不上好或者不好，我總想像這隨時溺死也無所謂的個性是最大的優點與缺點，因此遲遲無法決定喜不喜歡或該不該改掉這習慣。如此一個人，不大可能成為你看過聽過甚至想像中的創作者，對這項事業恆常飢渴，戀戀不捨：雖說沒人喜歡陷入飢渴，我們甚至不喜歡看見別人飢渴的樣子，可是，要完成什麼，你必須飢渴。

知易行難，我仍然只是想到點什麼就寫點什麼。寫時也有不可解的歡喜，更多時候手足無措，不知該拿它怎麼辦，也不知拿自己怎麼辦，所以算一算，成果實在少。此次書中收錄的，有遠至一九九八年左右的作品，十幾年，在世界的尺度其實很短，我也沒什麼值得在此總結，唯一能說的，大概只有因為散漫，所以幸運地沒讓這些年紀差了一大截的任何一個故事，落入攀緣境地。它們一向是自己的主人，各各住在自己的屋子，我不過被賦予鑰匙保管，加上一點帶人進去隨意參觀的自由；對此我始終感到受寵若驚。

我很感謝百忙中為這小書作序文與聯名推薦的眾前輩，郭強生老師的抬愛、紀大偉的妙喻，點滴在心。還有柯裕棻，她跟我一樣，有點兒彆扭，心裡容易疲倦，但總是照拂我，我想她上輩子欠了我錢。感謝身邊對我抱持不合理信心並給予不合理鼓勵的每個朋友，你們都知道說的是你。最感謝的是與這本書有關的所有專業工作者與出版社，特別是我的編輯珊珊與美術設計阿湯。

我仍在潮間帶上，這裡轉瞬風起惡浪，回頭雨打暗礁，它不屬於土也不屬於水，是海的臨界也是岸的邊緣，但不知為什麼，在此我反而心安理得，想著這當中有一句話：行到水窮處，坐看雲起時。多麼老舊積塵的一句話，但永遠有與文字初對面者，由此獲得逆旅中的安頓；我想，這也是許多人，包括我，之所以總是惦記想說些故事的一個微不足道的原因。

（二〇一二年初稿，二〇二四年修訂）

〔新版後記〕

以前我從未聽說

忽然想回童年住的地方走走，就去了。說不明白為什麼，搬離三十多年始終沒想起這件事（或許以 google 街景看過一兩次）。也不是不想去，也不是不該去，也不是沒機會去，到底是什麼呢？不過十幾分鐘捷運。

不過十幾分鐘捷運，下車見山時居然發生一點低劑量的鄉愁。這樣也可以鄉與愁的嗎？簡直自覺沒有資格，而其中是否有些人工的感性，也不敢完全對自己保證，捷運出口一帶的地貌與建築已經跟記憶徹底不同，但現在的行進方向必須背對奔馳的高架軌道，過馬路，找一棟朱紅外牆的五樓公寓。我站在斑馬線這一端，能看見那一端巷口的短短水泥橋欄，它是臺北市已很少見的清代古水路八仙圳，其中分岔一小段的分岔一小段。不過八仙圳這樣雅意的真名以前我從未聽說，唯視為日夜作臭的大水溝，若非必要不想經過。

太陽積極熾盛，後頸像被一雙很暖的手掩護，過了馬路走近看，大吃一驚，如今它竟然很清淨，碧光見底，沒有黑泥甚至沒有一只纏住爛掉的髒塑膠袋，水中淺色的沙上一群群灰色的大肥游魚。

§

出生後到十三歲左右，我住在如今的臺北捷運石牌站與唭哩岸站之間，《淡水廳志》寫：「淡水開墾，自奇里岸始。」當時所謂「淡水」實為苗栗、新竹直到基隆的整個北臺灣西側範圍，這一帶似乎是臺灣最早的繁華聚落之一，而如今可謂基礎的史料小常識，以前我也從未聽說。例如「唭哩岸」三個字，直到離開很久一九九七年捷運淡水線通車，對照站名才「咦」一聲獲得遲來的見識。八仙圳或者唭哩岸，舊時學校無暇談起，久居的鄰里無暇談起，那時大家都談什麼呢？我猜巷口竟然還在的米店與雜貨店或許知道一些，但他們不常與人熱議，並非冷淡不善，就是接近暑天午後洋樓簷下一種稍微降溫的沉默。

戰前甚至可十九世紀即大致底定的街廓與路寬至今沒有大範圍改變，間中不時拔出一些坐地起身的瘦長新樓，除了米店與雜貨店，還留下來的大概有三種：中藥行、西藥房、乾洗店。我很快找到正確的巷道與房子，住戶維持得很好，外牆沒有褪色，甚至沒有任何跌落的懈怠磚面，舊居那一戶兩側陽臺上種滿近乎小樹的闊葉大型植栽，枝葉很富彈性，指向懸空之處，另一側看不見位置其實還有第三個陽臺，當年可以望住遠遠的軍艦岩山頭。我在樓底抬頭端詳許久，覺得很滿意，也不知是滿意些什麼？直到行跡逐漸可疑之前，慢慢從巷子另一頭轉開。

上學的路在計算上並不長，google map 顯示大約八百五十公尺，小學標準操場走四圈，可是記憶中非常遠，我們通常主張「在小孩眼中一切都會擴張」，我原本也認為現在回頭走會很輕鬆，會覺得「咦，那也不過如此」，意外的是並沒有。三十年後一切體感都還在，「需要一點努力」的腳程還在，在腦子跟上之前身體已經轉彎的本能還在，一整片公園與涼亭的瞌睡感還在，公園裡的榕樹也都還在，我甚至自覺其中一棵應該要認識我，對樹而言三十年是昨天吧，那代表它昨天才看見我小心攀爬了它最低的枝幹分岔。對樹而言我不過今天稍微長了一點大。

也可能不是小孩眼中一切都擴張，而是童年本身太浩大，再一次——計算上，這不是我住最久的地方，當中也沒有最快樂的生活，但此刻身體與感官的自動導航表示：「我們很懷念。我們繼續走一走。」但我究竟懷念著什麼？靈巧的答案與清晰的詞彙從未出現。其實這條路線沒什麼值得與外人道的意趣，就算順著衝動，路上抓一個人來問話，頂多也只能說些：「你一直住這一帶嗎？你住很久嗎？你記不記得這個轉角本來是麵包店？以前有一間『滿漢小館』你吃過嗎？」我猜想一定有人都知道，問題在於然後呢？對話一旦不太審慎地開始，我將變成一個小題大作的角色，「我小時候也住這可是我搬走三十年沒有回來了，好多店都變了。」「哇那你搬很遠喔？還是出國？」「……也沒有我搬到東區而已。」「噢……噢……」那個不存在的老鄉心想這什麼啊！接著尷尬地藉故告辭了。

§

暑假的小學像一頭皮膚乾燥的老象，我告訴警衛我是校友，想進校園看看，他點點頭：「我們裡面在施工，圍起來的地方你繞開就好。」變化很大，司令臺與操場都不在原位，校地正中央鎮壓著一座設計比例與環境關係都相當突梯的巨大建物。感覺象的胃不太好。我在六年級畢業教室的舊樓庭院繞了兩圈，幾乎想不起任何一個小學同學的名字與臉。而那個問題又回來了：我究竟在此沒有答案地懷念著什麼？

又為什麼要在這此寫下這些事，我不知道。只是覺得這樣做還不錯。此書所收內容，有些甚至寫在十九二十歲之際（已經四分之一世紀！），放在十二年前都已是少作的少作，多年後此時更深感是少作的少作的少作，寫它們的像上輩子的人，甚至是連上輩子都不認識的人，年過四十之後，對於一個人與他的自己可以既充滿連續性同時又毫無關係，目前依然深感驚訝，這是我所理解的時間非線性。就好像每一年陸續意識到自己對寫作的審美態度有所改變，曾經確定的意見愈來愈不確定，留下的是對確定的坐立不安，以及對一種緊迫膽氣既欣賞也退避的側身心情，再度校對書稿的過程，這些感受加倍明顯。也很像我注意到自己的口味在短短幾年間全盤地倒裝，甜食吃得很少了，咖啡從隨時想到才喝到下午三點前大量地喝，有時嘴饞的對象是生的小黃瓜與無調味核桃。小黃瓜與無調味核桃！有這種事，以前也真是從未聽說。

我遠遠向警衛揮揮手走出校門，從另一條熱鬧的穿過市場的路再繞回出發點，這一次路程突然顯得很短，好像我終於正式長大了似的。在捷運站旁不認識的咖啡店喝一杯冰美式，音樂放得很不錯的老闆娘抱歉地說，不好意思欸我蛋糕賣完了，今天沒有甜點可以配。我說沒關係，我下次再來。

種種至此，或許能經營出一直線的各種抒情對照，每一條都不妨成為一篇文章裡還算悠然、說不定還有一點漂亮的結論。例如我說「小說像一座久未探視卻永遠有意義的舊居」，例如我說「路標有些必須修改，有些不能改變」；例如我說「它們都是既過去也不會過去、既現在也不在現在，基於時間又脫離時間的經驗」，或例如我說，「發動小說的人都因懷念他們自己也不知道是什麼的東西」「小說是那些想去看看，以及想回去看看的地方」。

不過一旦寫下來，就發現自己稍微抗拒這樣的接駁，自我的影子在此涉嫌過度覆蓋意義，如今，比較想將其安置於：我曾在某處，並曾回去走走，捷運從天空划開拉鍊，將靠山處的新路撥到一側，將靠平原處的老城撥到另一側，兩邊能見的地面上金木各生，不能見的地面下土水相容。米蘭昆德拉〈七十三個詞〉一文有使我印象深刻的描述：「小說家的特徵是：他不喜歡提到他自己。」雖然我這樣很像講了半天最終還厚顏拉大人物出來遮臉，且這些年沒做什麼了不起的有用功，多少羞於自稱小說家，不過，畢竟原話是這樣，那就這樣記下來。

（二〇二四年於臺北）

新人間　四二三

海邊的房間

作　　者—黃麗群
執行主編—羅珊珊
校　　對—羅珊珊　黃麗群
美術設計—湯承勳
行銷企劃—林昱豪

總 編 輯—胡金倫
董 事 長—趙政岷
出 版 者—時報文化出版企業股份有限公司
一〇八〇一九臺北市萬華區和平西路三段二四〇號
發行專線—（〇二）二三〇六—六八四二
讀者服務專線—〇八〇〇—二三一—七〇五・（〇二）二三〇四—七一〇三
讀者服務傳真—（〇二）二三〇四—六八五八
郵撥—一九三四四七二四時報文化出版公司
信箱—10899臺北華江橋郵局第九九信箱
時報悅讀網—http://www.readingtimes.com.tw
思潮線臉書—https://www.facebook.com/trendage/
法律顧問—理律法律事務所　陳長文律師、李念祖律師
印　　刷—勁達印刷有限公司
初版一刷—二〇二四年七月二十六日
初版五刷—二〇二五年十月十七日
定　　價—新臺幣四二〇元
（缺頁或破損的書，請寄回更換）

時報文化出版公司成立於一九七五年，
一九九九年股票上櫃公開發行，二〇〇八年脫離中時集團非屬旺中，
以「尊重智慧與創意的文化事業」為信念。

ISBN 978-626-396-512-6
Printed in Taiwan

海邊的房間／黃麗群著. -- 初版. --
臺北市：時報文化出版企業股份有限公司, 2024.07
280面；14.8x21公分. --（新人間；423）

ISBN 978-626-396-512-6（平裝）

863.57 113009452